De Clémence
Sept 2015

LE SOURIRE INNOMBRABLE

Jacqueline de Romilly, professeur de grec ancien, a enseigné dans différents lycées, puis à la faculté de Lille, à l'École normale supérieure, à la Sorbonne. Elle a été la première femme professeur au Collège de France et la première femme membre de l'Académie des inscriptions et belles-lettres. Elle a été élue à l'Académie française en 1988. Jacqueline de Romilly est décédée en décembre 2010.

Paru dans Le Livre de Poche :

Dans le jardin des mots

Les Grands Sophistes dans l'Athènes de Périclès

Laisse flotter les rubans

Pourquoi la Grèce ?

Les Révélations de la mémoire

Les Roses de la solitude

Sous des dehors si calmes

Le Trésor des savoirs oubliés

En collaboration avec Alexandre Grandazzi :

Une certaine idée de la Grèce

En collaboration avec Monique Trédé :

Petites leçons sur le grec ancien

JACQUELINE DE ROMILLY

de l'Académie française

Le Sourire innombrable

ÉDITIONS DE FALLOIS

ISBN : 978-2-253-12655-3 – 1re publication LGF

INTRODUCTION

DES MÉMOIRES POUR RIRE
ET UN EXEMPLE POUR RIRE DE MOI

Ce livre constitue des mémoires pour rire. Je veux dire par là qu'il regroupe une série d'anecdotes comiques qui se sont succédé au cours de ma vie. L'essentiel est qu'elles font partie de ma propre expérience. Par là, le livre diffère radicalement des recueils systématiques d'histoires comiques, groupées soit d'après l'origine, soit d'après le genre, et voués à rester distrayants, mais plus ou moins impersonnels. Quand, par hasard, il m'arrive de faire référence à une anecdote qui m'aurait amusée mais que je n'aurais pas vécue directement, je le signale en toute honnêteté.

En revanche, le livre peut réunir des histoires de genres très divers. Il peut s'agir de simples mots malheureux ou de circonstances bizarres, ou encore d'amusements partagés, ou du contraste entre l'histoire racontée et les moments parfois difficiles qui lui servent de cadre. On trouvera ici un peu de tout et je ne cherche pas à distinguer, par des analyses abstraites, ce qui est humour, ou ironie, ou bien burlesque, ou quiproquo. Je me suis laissé entraîner au fil du souvenir, réunissant tout naturellement des histoires apparentées, et procédant, de façon non moins naturelle, du plus extérieur au plus intime. Telle est, en effet, la voie de toute méditation qui se plaît à revenir sur le passé.

Si les histoires ainsi racontées sont très diverses, il faut cependant reconnaître qu'elles relèvent davantage d'un comique aimable et discret que d'un gros rire. Ma vie, en effet, n'est pas une série d'aventures extravagantes : elle n'est ni apparentée au cirque ou à la farce, ni, je l'avoue, proche des scènes les plus vives de Feydeau. Ainsi ne s'agira-t-il jamais de ce que l'on appelle le fou rire, ni des occasions où l'on « éclate » de rire ; il s'agira même rarement du comique de gestes, assez peu répandu dans une sage vie de professeur. Ce sont des historiettes candides et véridiques, où seuls quelques noms propres ont été changés, mais qui n'ont cessé de m'émerveiller au fil des années.

Il ne faudrait d'ailleurs pas croire qu'elles correspondent à une tendance qui amènerait à se moquer des autres. On peut rire des autres, mais on peut aussi rire de soi-même ; et j'ai souvent conscience du ridicule qui m'atteint ainsi.

Pour que l'on en ait une idée au seuil de ce petit recueil, je détacherai une histoire qui me concerne, et que j'ai plusieurs fois racontée dans des cercles d'amis. Elle mêle un peu tout : le malentendu sur les personnes, les circonstances aggravantes, les maladresses que l'on s'entend dire, le côté inextricable de la confusion ainsi créée. Et puis, on le verra, elle me laisse un rôle résolument fâcheux.

La scène se place à Londres, dans une institution qui existait alors et où étaient reçus, lors de leur passage, des professeurs de l'université de Lille et de divers autres établissements français venus pour des raisons de travail ou de collaboration avec des collègues anglais. Je m'y rendais moi-même pour une conférence. J'arrivai donc le matin, la conférence devant avoir lieu à l'université juste après le déjeuner. Je souhaitais me reposer un peu pour être en forme lorsque j'aurais à parler et je demandai à avoir tout de suite ma chambre. On me répondit que c'était impossible parce que « le montant en bois » se rabattait dès que l'on s'asseyait sur le lit ! Circonstance fâcheuse, évidemment ; mais je tenais à ce repos et j'insistai, en disant que je ferais bien attention, que je souhaitais pouvoir m'étendre un peu avant le déjeuner. Me voilà donc dans cette chambre et, avec des précautions extrêmes, me glissant sur ce lit, en tâchant de ne rien ébranler, quand je reçois sur la tête un coup brutal : le haut montant de bois, derrière les oreillers, s'était en effet rabattu avec une rare violence. Je dus renoncer et descendis parlementer. On me dit qu'il y avait bien la chambre de M. Lusset : il devait repartir, mais comptait repasser dans la matinée et avait laissé sa valise dans la chambre. Le nom me rassura : c'était celui d'un jeune assistant de la faculté où j'étais moi-même professeur titulaire. Il me connaissait et était habitué à me traiter avec une certaine considération. Je demandai : « C'est bien M. Lusset qui enseigne l'anglais ? — Oui, c'est cela, c'est cela. — Eh bien, dis-je, peu importe, je le connais, je vais me reposer un peu dans la chambre ; il viendra prendre sa valise, aucune difficulté. »

Deuxième temps : me voilà donc dans la chambre de M. Lusset. Pour me reposer, je décide de m'étendre sur le lit, tout habillée naturellement. Il y avait environ une heure ou une heure et demie à passer. Pour commencer, il est plus agréable, quand on s'étend, d'ôter ses souliers de façon à glisser ses jambes sous l'édredon ; et puis, il est plus agréable de desserrer sa ceinture à la taille, quitte à défaire une ou deux agrafes de la jupe, de façon à respirer plus à l'aise. Et j'étais là, installée sous l'édredon, bien confortablement, et m'amusant à l'avance à l'idée de la surprise qu'aurait notre jeune assistant.

En effet, au bout d'un moment, je vis tourner la poignée de la porte. Je regardais cette poignée de porte, riant à l'avance de la surprise de Lusset, quand je vis, avec stupeur, un monsieur fort respectable qui me sembla barbu et redoutable et qui me regardait, lui aussi, avec stupeur. Je me redressai sur un coude et, en même temps, pris de la même gêne, nous nous écriâmes, lui : « Mais, madame... ? » et moi : « Mais, monsieur... ? » Je me cramponnai à l'évidence et déclarai : « Mais, monsieur, vous n'êtes pas M. Lusset ? » À quoi il répondit, se cramponnant encore bien plus à l'évidence : « Mais si, madame, je suis M. Lusset. » Les choses se compliquaient. Il jeta un regard vers sa valise, puis vers moi, étendue sur le lit : l'affaire se présentait mal.

Ce fut alors qu'involontairement j'accumulai les maladresses ; j'en avais conscience, et cela m'amusait presque de voir à quel point je m'enferrais. Je lui dis, en effet : « Mais, monsieur, vous n'êtes pas M. Lusset, assistant à la faculté de Lille ? — Non, madame, c'est mon neveu ! » Et c'est alors que tout se gâta car, sans réfléchir, je voulus lui expliquer la situation et déclarai : « Ah ! C'est lui que j'attendais ! » Je compris aussitôt que le mot était malheureux et, trouvant le malentendu d'autant plus drôle que j'étais une personne si sérieuse et si inattaquable, je commençai à essayer de rectifier la situation de façon assez maladroite.

D'abord, je tâtonnai pour retrouver mes souliers, pour refermer ma jupe, pour écarter l'édredon, tout cela assez gauchement, et mesurant bien la fâcheuse interprétation que cela suggérait. Pour réponse, je me lançai dans des explications : « Non, vous allez comprendre. Je suis moi-même professeur à la faculté de Lille et je dois faire une conférence tout à l'heure. Seulement, voyez-vous, le montant de mon lit se rabattait et me tombait sur le crâne... » Il hocha la tête, visiblement prêt aux histoires les plus invraisemblables et me dit d'un air protecteur et bonasse : « Mais oui, madame, bien sûr... », comme si je racontais les choses les plus compréhensibles et les plus normales du monde. Il n'en croyait absolument rien et je voyais bien pourquoi.

Qu'y faire ? Pour finir, je pris un air tout à fait digne et solennel et lui dis que j'avais été ravie de le rencontrer, qu'il voudrait bien transmettre mon souvenir à son neveu, en me nommant, etc. De plus en plus goguenard, il observa en articulant bien nettement : « Madame, je lui dirai que vous m'avez paru en bonne santé ! » Puis il prit sa valise et s'en alla, me laissant dans cette chambre d'emprunt avec une réputation ruinée.

Je pourrais même dire que l'histoire a eu quelques prolongements. D'abord, rencontrant le jeune assistant la semaine suivante à Lille, je lui demandai : « Alors, avez-vous vu votre oncle que j'ai rencontré à Londres ? » Il me répondit innocemment que non, son oncle ne lui avait rien dit. Puis, pour excuser ce silence et sans savoir de quoi il retournait, il ajouta tout confus : « Mais, vous comprenez, c'était un dîner de famille... » Je devrais aussi ajouter que j'ai raconté cette histoire lors d'une croisière où se trouvaient des personnes que je ne connaissais pas. Nous attendions un ascenseur et, le ton étant gai, j'y suis allée de mon histoire, mais, à ce moment-là, un jeune homme inconnu s'est avancé résolument et m'a dit : « Mais moi, madame, je suis M. Lusset ; et, je dois vous dire : mon oncle n'a pas de barbe ! » C'était encore un autre M. Lusset ! Les bonnes histoires font ainsi des rejetons indéfiniment.

Et puis, il y eut encore une autre suite : un jour j'ai avoué à mon ami Erik Orsenna que j'envisageais de grouper des récits d'histoires drôles et je lui ai raconté celle-ci à titre d'exemple. Il eut la gentillesse de s'en amuser ; et, toujours bien inspiré pour les titres, il me conseilla d'écrire ce recueil et de l'intituler « Comment j'ai perdu mon honneur, et autres histoires ». C'était, je pense, un bon conseil et les lecteurs ou les critiques l'auraient probablement apprécié. Comme on voit, je n'ai pas renoncé à l'évoquer ici, mais j'ai renoncé à le prendre pour titre. Après tout, ce thème ne vaut pas pour toutes mes anecdotes : je n'ai pas si souvent perdu mon honneur. S'il est vrai que quelques histoires pourraient correspondre à ce titre, ce n'est assurément point le cas de toutes. Je le répète : je ne perds pas si facilement mon honneur ! Quant au titre adopté finalement, il ne sera expliqué ici qu'à la conclusion de ce recueil !

Mais, honneur ou non, il reste à se demander pourquoi j'ai entrepris d'écrire ce choix de petites histoires. À quoi mènent-elles ? En quoi peuvent-elles intéresser un éventuel lecteur ? Et ici je me livre à un aveu plus compromettant que celui de mes mésaventures londoniennes. J'ai écrit ce livre parce que je suis lasse du pessimisme vraiment sinistre de trop d'ouvrages qui se publient actuellement et de trop de propos qui s'échangent de façon quotidienne. Le monde ne va pas bien, c'est vrai ; les misères se révèlent chaque jour plus nombreuses dans bien des pays ; la situation même de la France n'est pas à tous égards excellente. Mais devons-nous nous laisser aller à ces perpétuelles descriptions de l'horreur et, qui plus est, à un découragement inutile ? Je reçois et je me fais lire trop de livres consternants, pour ne pas avoir désiré, moi la vieille dame, inviter le lecteur pour une fois à un moment de détente, si futiles qu'en soient les causes. Rire n'est pas seulement « le propre de l'homme », c'est aussi, à mon avis, une réaction salutaire et saine, qui peut aider à vivre mieux.

Je le dis une fois pour toutes : je ne voudrais pas, par un ton un peu solennel, aller à l'encontre de ce qui se veut un recueil de souvenirs légers, heureux, et sans importance.

I

LES MOTS MALHEUREUX

Il existe un comique de gestes ou de situation ; et même un délicieux comique qui s'inscrit uniquement dans les traits du visage, dans une expression de surprise, d'ironie ou d'incompréhension. J'insisterai surtout sur le comique qui vient de l'emploi des mots.

Sans doute y suis-je plus sensible qu'aux autres genres de comique. Après tout, j'ai aimé les mots, j'ai aimé la langue, toute ma vie. J'ai enseigné les lettres, j'ai lu, j'ai écrit. Et une des conséquences est sans doute que j'entends les mots, perçois leur qualité, enregistre aussitôt les erreurs, comme un musicien entend une fausse note. Toujours est-il que ce genre de petites erreurs me semble avoir fleuri partout dans ma vie. J'ai entendu plus de mots malheureux qu'il n'est courant.

Pour commencer par des exemples nets et indiscutables, je citerai en premier des accidents de ce genre arrivés à des étrangers.

Les mots malheureux sont les mots qui, par les incorrections ou par les fausses interprétations qu'ils risquent de susciter, suggèrent un sens bien différent de celui que l'on voulait exprimer. En fait, dans l'anecdote que j'ai racontée à la fin de l'introduction, c'est bien d'un mot malheureux qu'il s'agit principalement. Toute l'histoire aurait pu passer et les étrangetés de la situation auraient pu ne soulever aucune difficulté si seulement, quand l'oncle de cet assistant est entré dans la chambre que j'occupais, je n'avais pas dit, parlant de son neveu : « C'est lui que j'attendais. » Si seulement j'avais dit à ce moment-là : « On m'a prévenue qu'il viendrait prendre sa valise, sans me déranger », l'affaire n'aurait nullement été aussi suspecte et mon visiteur ne se serait nullement précipité vers les hypothèses les plus fâcheuses. Ma formule n'était pas incorrecte du point de vue de la langue, elle était simplement, en fonction de la situation, fâcheusement ambiguë. Or les mots malheureux peuvent être de toutes les sortes : faute de langue, expression incomplète, suggestion compromettante, ou bien expression révélant beaucoup plus que ce que l'on avait l'intention de dire.

Naturellement, cet emploi d'un mot pour un autre, avec tous les inconvénients que cela peut présenter, se rencontre constamment avec les étrangers ; et on ne peut leur en vouloir. Mais comme il se trouve que, pratiquant la recherche, j'ai été amenée à me rendre dans beaucoup de pays étrangers et à rencontrer beaucoup de savants qui s'exprimaient très normalement en français, mais avec de petits accidents, mes aventures en ce domaine ont été nombreuses ; et, quand je rentrais d'un de ces voyages, j'avais toujours de bonnes histoires à raconter autour de moi. J'en citerai une ou deux. Mais je voudrais, avant de le faire, m'expliquer sur mes intentions et me justifier auprès de ces amis étrangers. Mes rencontres avec eux ont été parmi les beaux moments de ma carrière universitaire. Il m'est même arrivé d'affirmer que j'avais, avec des gens d'autres pays s'intéressant aux études classiques, des rapports plus proches qu'avec les savants de mon pays. Pourquoi cela ? Parce que, avec mes collègues habituels, il y avait toujours quelques questions d'élections à venir, de nominations d'un candidat, d'organisation d'une soutenance de thèse, bref toutes sortes de problèmes pratiques qu'il était de notre devoir de traiter et de discuter. Avec les étrangers, au contraire, qui avaient, parallèlement à moi, lu les mêmes auteurs, réfléchi sur les mêmes questions et réagi aux mêmes émotions devant la beauté de certains textes, l'entente était immédiate et profonde. J'ai gardé de mon passage chez beaucoup d'entre eux un souvenir précieux. Je ne voudrais donc pas suggérer que je revenais de ces visites en apportant seulement une moisson de mots malheureux. Simplement, en plus de ma sympathie, de ma reconnaissance et des rapports étroitement amicaux que nous avons entretenus, il y avait ces petits aspects risibles qui restent pour moi savoureux dans tous les sens du mot.

Un exemple, un seul, et l'on verra, je pense, ce que je veux dire. Il s'agit d'une visite de quelques jours faite à un éminent collègue allemand, qui se donna beaucoup de peine pour m'accueillir de façon amicale ; je lui en suis toujours reconnaissante. Mais deux mots me sont restés de cette visite, auxquels je ne puis penser sans rire, encore aujourd'hui.

Le premier fut celui qu'il prononça pour m'accueillir lorsque j'arrivai dans la ville où il enseignait. Il me dit d'un air extasié : « Madame, vous allez être contente : il y a ici une garnison française ! » Il voulait sans doute dire que je croiserais des visages français et que je ne me sentirais pas trop perdue, loin de chez moi ; je me plais à interpréter ainsi sa formule. Mais lorsque l'on suggère, d'entrée de jeu, à une dame, tout le plaisir qu'elle pourra tirer de la présence d'une garnison, l'esprit s'oriente, à tort ou à raison, vers des ébats plus dignes de l'opérette que de la venue d'un important professeur étranger. Ce n'était rien : une simple nuance.

Mais il y eut pire, ou mieux. Il y eut la visite qu'il

me fit faire dans un des bureaux qui lui étaient réservés. Ce bureau se trouvait loin des autres, dans un des bâtiments de la faculté qui, ce matin-là, était déserte. Et de l'air le plus solennel que l'on puisse avoir, avec l'accent allemand le plus marqué que l'on puisse imaginer, il me dit, en joignant les mains : « Ah, madame, puisque pour une fois je suis dans le bureau seul avec vous, permettez… Ah !… permettez !… » Et, comme je tremblais un peu devant des préliminaires si insistants, il ajouta : « Je voudrais satisfaire un besoin très pressant. » C'était beaucoup ; c'était même trop. J'ai eu le temps de me dire : « Certes, je représente la France et dois me montrer très courtoise, mais où veut-il en venir ? » Habituée à ce que nous appelons, en France, « un besoin très pressant », je le regardais, les yeux élargis par l'inquiétude. C'est alors qu'il acheva, comme un aveu venant du cœur : « Je voudrais prendre " le " photographie. » J'entends encore son accent lourd faisant traîner la dernière syllabe de ce mot : « le photographi-i-e » qui constituait une chute bien innocente après une préparation si inquiétante.

Et, ici, je dois observer qu'une erreur de langage ne fait vraiment rire que si elle suggère mal à propos un domaine indécent, auquel celui qui parle n'avait pas songé. On pense, sans que personne l'ait voulu, à des besoins naturels, ou sexuels, ou simplement physiques – et le contraste fait rire.

Pauvres collègues étrangers, exposés à ces risques plus ou moins scabreux ! Le risque, d'ailleurs, n'était pas réservé aux universitaires, gens, en général, très instruits.

Ainsi, je me rappelle la surprise et le malaise de mon beau-père, personnage très digne, quand des mécaniciens écossais lui dirent que les ennuis de sa voiture venaient de ce que ses « tapettes » étaient un peu « molles » !... Je ne me rappelle pas le sens exact du mot anglais, mais je revois la mine inquiète de mon beau-père devant cette déclaration un peu troublante.

Si cela arrive dans la vie quotidienne, comment cela n'arriverait-il pas dans tous les devoirs des élèves étrangers, dans les copies, dans les traductions ? J'ai eu entre les mains, il y a un certain temps, une petite histoire de la littérature française faite d'après des copies d'étudiants américains. Naturellement, c'était un choix de sottises et de ce que les professeurs appellent assez étrangement des « perles ». Mais certaines présentaient exactement les caractères du « mot malheureux ». C'est le cas pour cet étudiant qui disait de la sage Mme de Sévigné : « La pauvre Mme de Sévigné ! le jour de ses noces, son mari la délaça entièrement... » Sans aucun doute, il pouvait confondre deux formes verbales si proches, « délaça » et « délaissa ». Mais le propre du mot malheureux est qu'il vous fait glisser vers un domaine fort peu recommandable.

L'expression maladroite que j'avais eue à Londres en disant « c'est lui que j'attendais » préparait, en somme, « le besoin très pressant » de mon savant allemand et ce fâcheux « délaçage » de Mme de Sévigné. Ah, que nous nous sommes amusés avec ces erreurs et ce risque perpétuel de tomber dans des significations indécentes !

Mais puisque nous aimons aujourd'hui le comique de l'absurde, j'aimerais citer ici, pour sortir de ces notations tendant vers la salle de garde, le mélange beaucoup plus subtil que j'ai trouvé dans ce même petit essai de littérature française, quand, à la fin, l'étudiant écrivait que, de Mérimée, il se souvenait « du cadavre de Pietri couché sur la table, environné de concierges qui brûlaient » !... Passer des cierges aux concierges était un changement assez rude !

Je reviendrai sans doute encore sur cette étrange histoire de la littérature française, qui fit mes délices pendant des années, et que, je l'avoue, j'ai perdue. La mémoire ne fait que m'en rendre des bribes au hasard des rencontres, comme des petits cailloux de couleur semés tout le long du chemin...

Mais quoi ? Pourquoi chercher à accabler ces pauvres étrangers qui ont la gentillesse de faire encore un effort pour parler notre chère langue française ? Il est vrai que là, les erreurs sont bien visibles, et parfois bien risibles. Mais il ne faudrait pas croire que les étrangers aient le privilège des bévues et des mots malheureux. Loin de là ! Leurs efforts me touchent, leurs maladresses m'attendriraient plutôt et je ne les cite ici que pour faire un peu mieux comprendre l'amusement que me causaient, au fil des jours, ces glissements de termes auxquels ils avaient plus d'excuses que nous de se laisser aller. Les Français ne font pas toujours mieux.

Quelquefois aussi le sort s'en mêle : un texte est coupé par un accident matériel ; un mot est omis, et la coupure entraîne des changements de sens à nouveau inquiétants et malencontreusement suggestifs.

Je raconterai ainsi l'histoire des statuts de notre Institut de grec. C'était après 1968, quand chacun était « obligé » de recréer des formes neuves et de définir, en juristes accomplis, ce que seraient désormais nos institutions. Et nous, les hellénistes de la Sorbonne, depuis les maîtres les plus qualifiés jusqu'aux employés de service, nous nous rencontrions le soir après le dîner ; et nous discutions et nous pesions nos mots. Nous consultions des hommes de loi, nous contestions des formules à n'en plus finir avec le souci de ménager les droits de chacun, les différences, les obligations, et d'envisager toutes les possibilités pouvant surgir en cours de route. Oh oui, nous avons travaillé ! Et quand ce fut enfin fini, moi qui dirigeais à ce moment l'Institut de grec (alors appelé UER), je remis au président de l'université ces nouveaux statuts qui nous avaient coûté tant de peine. Je le revis huit jours après et il me déclara que ces statuts avaient obtenu un succès de fou rire très remarquable. « De fou rire ? » demandai-je avec stupeur en pensant à nos labeurs si assidus, et il me cita, fort exactement, la dernière phrase de ces statuts. À force de les relire, de les revoir, de les corriger et de les faire retaper, ils avaient sans doute un peu souffert, car la dernière phrase était : « À la fin de chaque séance, les secrétaires rendent. » Oui, point final ! Le complément qui devait désigner le compte rendu avait sauté, laissant le verbe exprimer une nausée, qui, après tant de soirs de travail, eût été assez compréhensible. Tout cela pour un mot omis !

De ces accidents plus ou moins burlesques, les copies d'élèves offrent une plus riche moisson. Mais que mes lecteurs soient tranquilles : je ne céderai pas au travers des professeurs qui aiment à citer des sottises extraites des copies qu'ils ont eu à corriger ou des réponses qu'ils ont obtenues en classe. Ce travers est tout naturel. Nous aimons notre langue et nous aimons son emploi correct. Par là, toutes les erreurs ou les maladresses nous touchent ou nous paraissent graves ou nous font rire, et le rire nous console. Ce n'est pas là un travers si ridicule ; on oublie trop souvent que cette petite activité quotidienne est la défense du vrai langage de notre pays. Cette attention aux bévues traduit le souci du correct maniement de la langue, c'est-à-dire des idées. Je ne m'arrêterai pas sur les fautes d'élèves. En fait, les exemples ne manquent pas dans la vie en général. On en rencontre partout, et dans les milieux les plus simples – parfois purement accidentels, parfois révélateurs d'une tendance secrète.

Commençons par le plus simple, le plus naïf. Et d'abord un premier exemple qui, après l'évocation des étrangers, pourrait être considéré comme un provincialisme. Un provincialisme est un mot qu'une personne peu habituée au langage de la ville emploie avec une valeur qui peut tromper.

C'est l'histoire d'amis à nous, d'amis très proches. Ils étaient d'origine bretonne, passaient leurs vacances en Bretagne, et avaient à leur service une petite Bretonne pleine de bonne volonté. Or, un jour, celle-ci se précipita, bouleversée, vers notre amie ; elle semblait à la fois honteuse et effrayée. Dès qu'elle l'eut rejointe, elle avoua, tout agitée, ce qui venait de lui arriver : « Ah, madame, si j'avais su ! Je suis entrée dans la salle de bains, croyant qu'elle était libre ; et je ne savais pas, madame, c'est terrible ; mais Monsieur était là, dans la salle de bains et il était tout nu ! » Puis, portant la main à son visage, toute confuse, elle ajouta, traînant sur le mot fatal : « Ah, madame, j'ai été déçue !... » Elle voulait dire qu'elle avait été surprise et ne souhaitait pas se montrer indiscrète. Mais n'importe qui, même sans avoir très mauvais esprit, se voyait renvoyé à une appréciation très crue des mérites physiques de notre ami ainsi surpris. Je revois encore sa femme imitant le geste de la petite et pouffant de rire. Je revois bien aussi l'air du héros de l'histoire écoutant cela avec une expression de modestie amusée, mais légèrement contrariée. Nous n'avions pas particulièrement mauvais esprit ; mais on voit que le moindre écart de langage nous précipite toujours vers le même domaine, le domaine dont on ne parle pas, et qui, pour cette raison, fait rire !

Des erreurs sur les mots peuvent n'avoir pas cette valeur éminemment suggestive, mais quand même amener quelques surprises. La vieille domestique de mon beau-père, qui avait été des années à son service et qui était restée au nôtre quand nous avons repris l'appartement, connaissait mieux la maison et ses habitudes que nous et elle nous le faisait volontiers sentir. Or un jour où je l'interrogeais sur une certaine lampe que je ne voyais nulle part, elle me dit que cette lampe était dans la chambre du sixième étage, mais qu'elle était « empoisonnée ». Je ne pus m'empêcher de marquer quelque surprise et elle me répondit avec autorité : « Ah, oui, mais tous les objets dans cette pièce sont empoisonnés. » J'ouvris des yeux ronds et lui fis répéter, croyant avoir mal entendu ; mais elle était très affirmative et affichait même un certain mépris pour mes doutes : « Mais oui, tout cela est empoisonné, Monsieur me l'avait bien dit, d'y faire attention, car tout venait d'Afrique ! » Je la crus, naturellement ; mais comment ne pas être étonnée que mon beau-père, un homme raisonnable entre tous, ait ainsi choisi d'accumuler chez lui des objets empoisonnés ? Cela ne lui ressemblait guère et me paraissait un peu bizarre – et fort dangereux. Alors j'insistai ou je me renseignai, je ne sais plus. Mais il s'avéra de façon nette que ces objets étaient « en cloisonné ». La brave femme avait bien le droit d'ignorer ce terme qui désigne un certain mode de fabrication avec des éléments vitrifiés comme insérés dans l'objet et séparés par de petites cloisons.

Il s'agit donc d'une menue histoire, juste d'un mot, mais le souvenir qu'il me laisse m'attendrit et m'amuse : elle était si sûre d'elle ! Et elle s'étonnait si peu que ce vieux monsieur, éminemment raisonnable, eût accumulé chez lui tant d'objets empoisonnés. En fait, elle respectait ce qui venait de lui et non ce qui venait de nous. Elle laissait clairement entendre par son affirmation que, du moment que Monsieur l'avait dit, c'était certainement vrai et que nous étions de jeunes naïfs à nous étonner de la sorte ! Le comique n'était pas dans la simple erreur sur un mot, il était dans son obstination à accepter une information malgré tout fort invraisemblable et à se rengorger de sa confiance en son ancien maître comme de sa défiance à notre égard. Elle était si drôle et si convaincue que je ne suis pas sûre d'avoir jamais osé lui dire la vérité : j'ai dû seulement tenter de la rassurer sur le grand danger qui régnait dans cette chambre de débarras. Toute la psychologie de la vieille servante, avec son caractère bourru et son sens des traditions, qui n'est pas sans rappeler la vieille servante de Proust, s'inscrivait donc tout entière dans cette confusion de mots soutenue avec tant de conviction.

L'erreur peut d'ailleurs ne pas porter sur un mot, mais sur l'interprétation d'un fait. Si nous passons de Paris à la mer, il y eut ainsi ce marin de Bretagne qui nous emmenait à bord du chalutier faire des expéditions de pêche, quelquefois nocturnes, souvent matinales, selon l'heure de la marée. Nous aimions beaucoup ces parties de pêche et nous nous apprêtions en conséquence, prêts à supporter le vent froid de la mer au petit matin ou en pleine nuit, et ravis de ce contact avec la mer, les filets et le vent du large. Or, un beau jour, il nous avertit que le départ serait à cinq heures du matin. Obéissants, nous nous traînâmes hors de nos lits, accumulâmes les tricots et les vestes imperméables, les bons souliers, tout ce que nous pouvions, et nous arrivâmes au petit jour au port. Le navire était couché sur le flanc, loin de l'eau, car la marée était encore des plus basses. Nous nous arrêtâmes sur le chemin qui descendait vers le port et le marin contempla le spectacle avec une véritable stupeur. Il était confus, bien entendu ; mais il n'exprima pas sa confusion directement. Il nous dit d'un air désolé : « Je n'aurais pas cru que la marée, elle serait tellement en retard ! »

Il savait bien qu'il s'était trompé : comment aurait-il pu l'ignorer ? Mais, cette fois, il exagérait : c'était beaucoup que de déranger l'ordre du monde, des jours et de la lune pour se justifier d'une petite erreur qui nous avait fait lever trop tôt. J'ai encore en mémoire son regard à la fois désolé, surpris, et quelque peu rancunier. La marée était basse, elle lui avait manqué de parole ! Et il n'avouerait jamais qu'il était, lui, le marin expérimenté, pour quelque chose dans ce contretemps.

Mais, dans la vie quotidienne, tout le monde ne se trahit-il pas de façon comparable par des mots imprudents ? J'ai entendu souvent raconter, par ceux qui en avaient été témoins, certains mots du grand-père de mon mari, important financier et père d'une nombreuse famille. Un jour, à la table de famille, alors qu'il évoquait avec quelque coquetterie son grand âge et sa mort prochaine, l'aînée de ses petites-filles déclara : « Mais voyons, grand-père, tu nous enterreras tous. » À quoi il répondit, sans faire attention à l'expression par laquelle elle avait marqué cette belle longévité : « Je n'ose l'espérer, ma petite-fille. » L'expression était inopportune s'il s'agissait véritablement d'enterrer toute sa famille : c'était encore une fois ce que j'ai appelé un mot malheureux ; mais il l'avait dit en toute innocence. On approche là de ce qu'il faut appeler le lapsus, c'est-à-dire un mot que l'on dit par inattention, alors qu'il en faudrait un autre ; et l'on sait que les psychologues sont prompts à en tirer toutes sortes de conclusions sur les sentiments profonds que révèle une telle erreur. Dans le cas du grand-père de mon mari, je ne crois pas qu'il faille mobiliser d'éminents psychologues, ni que les conclusions à tirer seraient bien palpitantes. Mais le comique est là : un glissement de mots, un emploi impropre, un raccourci malencontreux qui révèlent une préoccupation secrète, et cette révélation fait rire.

Des histoires de ce genre sont nombreuses. Mais ce qui me frappe ici est qu'il ne s'agit plus du tout de fautes sur la langue : les phrases prononcées étaient toutes parfaitement correctes ; seul le contexte les rendait révélatrices et plaisantes. Il faut le remarquer, car ainsi s'ouvre pour nous une perspective nouvelle. En effet, le langage peut produire des effets de rire ou de sourire, non pas par son incorrection, mais par les rapprochements qu'il suggère, les omissions qu'il trahit, les petites vanités naïves qu'il révèle et quelquefois, tout simplement, les contrastes qu'il fait apparaître. Le fait est qu'il y a un art d'entendre tout ce qui se glisse derrière les mots et il y a un plaisir discret à capter, au passage, les délicates surprises du langage.

Cela peut se présenter dans des textes écrits ou anciens, et, ayant habité si longtemps à Aix-en-Provence, je me rappelle comme nous nous sommes amusés, avec des amis, quand nous avons connu l'histoire de la première girafe traversant la ville. Dans le récit d'alors, il s'agissait d'un enfant qui souhaitait, naturellement, voir le passage de la girafe, et à qui les parents répondaient par cette formule d'un admirable raccourci : « La plus belle girafe, mon enfant, c'est d'obéir à ses parents » ! Le rapprochement était un peu brusque entre l'expression abstraite d'une vertu et cette girafe quelque peu inattendue. Le mérite qu'il y a à obéir à ses parents revêtait du coup un caractère plus ou moins loufoque.

Et parfois, oui, parfois, l'emploi d'un terme un peu surprenant, un peu inattendu, ou bien simplement un peu recherché, peut nous surprendre au passage et, en même temps, attirer agréablement notre attention. J'ai parlé dans ce chapitre de mots malheureux ; mais ces petits glissements de sens aboutissent parfois à ce que j'appellerais des mots heureux. Ce sont des mots que l'on remarque, qui ont quelque chose d'inattendu, mais qui traduisent des aspects sympathiques ou attendrissants.

Si j'évoque un tel domaine, aussitôt je pense à la Provence et à ces mots si simples et souvent si pleins de délicatesse ou de noblesse qui viennent nous surprendre dans le langage des habitants fidèles de cette région. Nous avons eu des gardiens successifs dans la maison d'Aix. Nous en avons eu de désastreux et de charmants. Je connais certaines histoires relatives aux plus désastreux et des mots qui ne sont pas à leur honneur. Mais quel plaisir nous avons pris toujours aux remarques de ceux qui étaient de vrais Provençaux, attachés à ce pays et maniant gaiement la langue. Comment oublierais-je notre gardien d'un temps, remontant le jardin en pente alors que nous étions encore dans la maison, et nous criant d'un air satisfait cette nouvelle, en apparence contradictoire, mais si rassurante : « Le vent est bon, et il n'y en a pas. » Cette apparente contradiction traduisait bien la longue expérience du pays, habitué à guetter le léger mistral, porteur de beau temps, ou bien le vent d'est avec ses menaces bien connues. C'était vrai, et fort bien dit : le vent était bon et il n'y en avait pas.

Quant à sa femme, elle a eu la plus belle formule que j'aie jamais connue, un jour, à propos du vieux chat. Ce vieux chat était une chatte ; elle s'appelait Pomponne. Elle était très vieille et horriblement laide. Je la revois traversant la terrasse : elle boitillait légèrement et son pelage d'un blanc sale marqué de jaunâtre faisait pitié. Son ventre pendait lourdement après tant de naissances supportées et elle clopinait toute gauche, le poil rare et l'humeur hostile. Mais il se trouve que, sans arrêt, elle recommençait à faire des petits, alors que son âge nous paraissait le lui interdire. Nous la regardions, assis sur la terrasse, et la gardienne, debout, observait son passage, méditative. Et puis elle eut cette formule qui, de façon ravissante, évoquait le langage d'un autre siècle. Elle nous dit : « Sans doute que, pour eux, c'est une belle personne. » Nous avons été amusés mais aussi émerveillés. Sa formule était si élégante, que déjà le contraste avec le triste animal avait de quoi toucher et faire rire. Mais en même temps, et surtout, ce rapprochement entre un langage choisi et la pauvre Pomponne suggérait un sens de la relativité, et une tolérance merveilleuse. Elle était distinguée, notre gardienne, et douce et compréhensive. Elle pouvait s'imaginer les réactions des autres matous en voyant cette malheureuse ; elle pouvait essayer de les comprendre. Elle était comme cela en tout, douce et fine et tolérante. Et je ne puis voir une vieille chatte (aucune ne sera aussi laide que l'était Pomponne !), sans penser à cette vertu exquise, qui à chaque fois m'élargit le cœur et me fait non pas rire, mais sourire de joie. Les mots heureux peuvent être porteurs de bonheur.

C'est bien pour cela que je n'en multiplierai pas le nombre : je veux finir sur ce mot si simple et si joli, car il emploie un langage élégant et révèle des sentiments élégants.

Nous quittons ici le domaine des mots malheureux ; mais, du coup, toute une perspective se découvre. Car on peut, en fait, jouer sur les mots exprès. N'appelle-t-on pas cela le jeu de mots ? Et là j'ai été particulièrement gâtée. À l'Académie française, les jeux de mots sont nombreux, pétillants, raffinés. Lors de nos déjeuners, il y avait sur la table une tirelire dans laquelle on glissait une petite pièce pour chaque jeu de mots, la somme devant servir à une réjouissance commune. Je les ai oubliés, ces jeux de mots. Ils appartiennent à un milieu limité et ne font pas vraiment partie de ma vie. J'aimerais cependant en citer au moins un, qui révèle tout ce que l'on peut mettre de culture et de fantaisie dans ces saillies souvent rapides et brillantes. C'était à la Commission du Dictionnaire, et l'éminent personnage qu'était Jean Guitton, se trouvant devant quelques problèmes de langue, enfonça ses mains dans ses cheveux comme s'il se saisissait le crâne à deux mains, en baissant la tête, l'air troublé et embarrassé. Le geste lui était familier, et quelqu'un le remarqua, se moquant de lui gentiment en disant : « Mais c'est le geste du primate ! » À quoi, immédiatement, quelqu'un d'autre ajouta : « Oui, mais du primate des Gaules ! » « Primat des Gaules » est un terme hautement catholique, et convenant fort bien à Jean Guitton. L'échange avait été immédiat et cultivé ; et il en était souvent ainsi.

Oui, les mots peuvent refléter toute notre façon d'être, toutes nos idées, naïves ou savantes. Maladroitement employés, comme dans tous les cas que j'ai cités auparavant, ils font rire, parce que l'on se moque de celui qui les a ainsi employés. Mais, brillamment utilisés dans une sorte de jeu intellectuel, ils reflètent les nuances d'une pensée raffinée et civilisée : on rit alors avec celui qui les prononce et qui a su s'en servir avec tant de subtile malice.

Au lieu de multiplier ces menues anecdotes, qui ne sont même pas toujours des histoires m'appartenant ou me concernant, je voudrais conclure sur une vraie histoire, qui fait un peu pendant à celle que j'ai racontée à la fin de l'introduction. Elle comporte des aventures, des émotions. À mes yeux, elle s'est entièrement jouée autour de deux formules, relevant d'un langage plus ou moins malheureux ou, inversement, étroitement observé et plus révélateur encore dans sa précision recherchée que les erreurs les plus grossières. C'est une histoire de train.

Lorsque nous descendions en voyage dans le Midi, nous nous servions en général de la voiture, quelquefois d'un train de jour. Il ne m'était jamais arrivé, étant seule, de faire ce trajet dans un train de nuit, mais on m'avait dit que les couchettes de première classe étaient tout à fait confortables. Très bien ! J'avais retenu une place de couchette de première classe. On m'avait expliqué que l'on était quatre personnes dans des couchettes superposées, deux d'un côté et deux de l'autre. Tout cela semblait parfait.

Mais, lorsque je gagnai mon compartiment et ma couchette, il s'avéra que nous n'étions que deux voyageurs : un monsieur avait la couchette du haut à droite et j'avais la couchette du haut à gauche ; les deux couchettes d'en bas étaient libres. Le train se mit en route et c'était un peu gênant de partager ainsi notre domaine. Mon monsieur (car je l'appellerai ainsi !) me dit que je pouvais très bien me déshabiller, qu'on était mieux et qu'on était très confortable. Ce n'était pas un bon début, et je déclinai cette offre en affirmant que je dormais très bien tout habillée. Lui-même se déshabilla, s'installa, et nous voici tous les deux parallèles dans nos deux couchettes supérieures. Il faut bien reconnaître que cela prenait un caractère assez bizarrement conjugal. Nous nous sommes demandé gentiment : « On lit encore un peu, ou bien on éteint ? » Nous avons lu encore un peu et puis nous avons éteint. Me sentant dans une situation un peu étrange, j'hésitai à prendre le comprimé de somnifère auquel je suis habituée ; mais, bravement, je l'ai pris et nous avons éteint et nous nous sommes endormis, « mon monsieur » et moi.

Là-dessus, je suis brusquement réveillée par du brouhaha et un bruit comme un bruit de porte. Mal réveillée, j'écarte le petit rideau qui donnait d'en haut sur le couloir, je regarde et je vois le couloir paisible et je dis à « mon monsieur » : « Non, non, il n'y a rien. » À quoi il me fit cette réponse surprenante : « Ah si, madame, il y a un monsieur sous vous. »

La formule était un peu raccourcie et je la mettrai volontiers au nombre des mots malheureux : mais, au moins, je compris ce qu'il voulait dire. Je regardai vers la couchette inférieure, et je vis en effet qu'il y avait une forme roulée en boule serrée dans un manteau de cuir : un individu s'était glissé sur la couchette. Bon ! Cela peut arriver ! Et à part la curieuse formule employée par « mon monsieur », je pensai qu'il n'y avait rien d'autre à faire que de me rendormir.

Mais pas question ! Tout à coup, des bruits

de pas, la porte s'ouvre violemment et deux hommes en uniforme entrent et demandent : « Vous êtes combien dans ce compartiment, vous êtes deux ? » Et « mon monsieur », un peu traître mais honnête, répondit : « Ah oui, et puis il y a aussi monsieur », en montrant la couchette sous la mienne. La solennité de tous ces « monsieur » avait quelque chose de comique, car la scène n'était nullement sur le mode solennel. Sur quoi, l'homme de la couchette inférieure se précipita en courant hors du compartiment, bousculant tout et fuyant manifestement les deux policiers : ceux-ci partirent aussitôt, en tentant de le rattraper. C'était apparemment un malfaiteur traqué par la police. Quelle affaire ! Au milieu d'un somnifère voir un monsieur surgir sous moi, des policiers arriver, un homme s'enfuir éperdument, c'était beaucoup. Et tout cela parce que nous avions été un peu gênés par notre situation pseudo-conjugale et que nous n'avions pas fermé à clé la porte de notre compartiment. Instruits par l'expérience, nous la fermâmes aussitôt et nous nous rendormîmes.

Je ne me réveillai que lorsque le matin régnait déjà sur la Provence. « Mon monsieur » était debout devant la fenêtre en train d'achever de s'habiller et il regardait le paysage où déjà des oliviers apparaissaient, et des cailloux et de la terre brune et du soleil. Nous nous saluâmes poliment et je lui dis : « Eh bien, que d'aventures cette nuit ; j'étais vraiment terrorisée. » Et c'est alors qu'il eut ce mot : non pas un mot malheureux, pas vraiment ! Simplement, ce fut un désir de nuancer les choses qui cachait fort mal la petite vanité candide de celui qui prétend n'avoir jamais peur. Il me répondit fièrement : « Oh non ! Moi, je n'ai pas eu peur. » Puis, avec un beau sens des nuances, il ajouta : « Simplement, je n'étais pas rassuré… »

Il n'avait pas eu peur, non, bien sûr que non ! Simplement, « il n'était pas rassuré ». Cette nuance si appuyée, et en même temps si candide et si révélatrice, me combla de joie. À l'arrivée d'un tel voyage, certains auraient pu dire : « J'ai eu un voyage détestable, j'ai été dérangé, il y a eu des histoires de poursuite, etc. » Mais non, tout cela était effacé par la perfection d'une nuance : après un mot un peu malheureux dans la première partie de l'aventure, on trouvait une formule distinguant fièrement les synonymes ; c'était, si l'on veut, un mot heureux, très révélateur et délicieusement comique.

Ce n'est pas là une longue histoire : c'est l'histoire de deux mots. Mais ces deux mots successifs me sont entrés en mémoire pour toujours. Il suffit que je me les cite maintenant pour rire de lui et rire de moi et rire des mots. Douce humanité, un peu faraude, et très candide ! À travers les mots, dont j'avais saisi la nuance comique, j'étais remplie d'une sorte d'attachement pour celui qui restera à jamais un inconnu pour moi, mais qui a été pour cette nuit-là « mon monsieur ».

J'ai eu d'autres histoires de trains, des histoires de wagons-lits, des histoires de trains dans les misères de l'Occupation ; j'ai connu des malentendus avec le gardien des wagons-lits ; et des mots déroutants dans le compagnonnage parfois prolongé qu'imposait le voyage en commun. Mais je ne fais pas ici un sottisier à l'usage des chemins de fer, ni d'ailleurs à l'usage de personne d'autre. Je revis les douceurs d'un langage qui, sans commettre la moindre faute, ouvre tout à coup des perspectives fort amusantes sur les compagnons que le hasard nous donne, et que nous aimons d'autant plus que tel ou tel fait de langage nous les aura du coup rendus plus proches et plus humains.

II

LES MOTS ET L'À-PROPOS

On peut, comme on l'a vu dans le chapitre précédent, se tromper sur les mots, les choisir sans discernement et ainsi suggérer des idées que l'on n'avait pas eues à l'esprit et qui prennent volontiers un caractère comique. Mais, dès ces premiers exemples, on avait pu constater que ce n'est pas toujours le cas. Et c'est un fait que, avec un langage parfaitement clair et correct, on peut dire un peu autre chose que ce que l'on voulait et mal s'adapter aux circonstances. En effet, le langage n'est pas seulement une convention dont il faut respecter les règles : il faut encore qu'il s'adapte à l'occasion où l'on se trouve, aux personnes à qui l'on s'adresse, au domaine même dont on parle, et au cadre dans lequel se situe toute remarque ou tout entretien. À chaque instant, nos propos risquent de glisser d'une personne à une autre, d'un monde à un autre, d'un cadre de pensée à un autre. Il s'ensuit toute une série de petits décalages, dont les uns valent au passage un léger sourire, alors que les autres prennent souvent un caractère vraiment comique. Dans les exemples que l'on a vus jusqu'ici, il s'agissait vraiment d'un mauvais choix des mots : dans ceux qui vont suivre, il s'agira d'une mauvaise adaptation aux circonstances ou, en tout cas, d'une rencontre imprévue avec le contexte normal dans lequel on se place. J'en offre ici des exemples assez divers : leur diversité même illustre les subtilités qui s'attachent à l'usage d'une langue dans la complexité de la vie courante ; du même coup elle illustre aussi la multiplicité des ressources qui appartiennent à un style digne de ce nom.

Le cas le plus net de ce manque d'adaptation aux circonstances se présente lorsque deux remarques, faites à des moments différents, constituent une contradiction éclatante que celui qui parle ne perçoit même pas. J'en emprunterai ici un exemple au monde de la médecine. Ce n'est pas que j'aie à l'égard de la médecine la moindre défiance, loin de là ! Mais les souvenirs qui me reviennent se présentent ainsi et l'on pourrait certainement en trouver d'autres, dans d'autres professions. Peut-être aussi, lorsque l'on a affaire aux médecins ou aux services de santé, est-on, du fait de l'inquiétude, particulièrement attentif !

Et, d'abord, un vrai médecin. Je le connaissais

bien et je l'ai toujours apprécié. Simplement, un jour, j'étais allée le voir pour une toute petite question. Était-ce une vaccination ou un problème de ce genre, je ne saurais le dire. Mais, vers la fin de la visite, il prit un air plus sérieux et me demanda, non sans une pointe de pathétique : « Vous fumez beaucoup ? » Et moi, toute fière, de lui répondre, très tranquillement, que je ne fumais plus du tout. « Comment cela, plus du tout ? Mais depuis combien de temps ? » À quoi je répondis que c'était depuis sept ou huit ans. Il fut stupéfait : « Et, en sept ou huit ans, pas une seule cigarette ? Vous en êtes sûre ? » J'en étais tout à fait sûre et je le lui dis. Alors, il changea de visage et me déclara avec un grand soupir de soulagement : « Ah ! J'aime mieux cela... »

Je trouvai son exclamation un peu exagérée. Si vraiment j'avais fumé une cigarette en sept ans, je ne crois pas que le danger eût été très grand. Et comme je suis habituée à l'idée que l'excès en tout est un défaut, je réagis à son enthousiasme d'une façon peut-être blâmable : avisant un bureau de tabac juste en face de chez lui, j'y entrai, j'achetai des cigarettes, et recommençai à fumer. Ce n'était peut-être pas très bien, mais il m'avait un peu provoquée.

Là-dessus, environ deux ans plus tard, je retourne chez lui pour une autre question anodine ; et, vers la fin, il me demande, une fois de plus :

« Vous fumez beaucoup ? » À quoi je répondis, cette fois m'attendant au pire : « Oh non : cinq ou six cigarettes par jour... » À vrai dire, je m'attendais à des protestations indignées ; mais je ne m'attendais pas à sa réponse, qui fut : « Ah bien ! C'est très, très bien ! »

La contradiction était jolie. J'imagine que le docteur s'efforçait lui-même avec peine de cesser de fumer. Mais enfin, j'avais souvenir de notre conversation précédente et je dois dire que le contraste entre les deux me fit vraiment rire. J'ai depuis cessé de fumer complètement, pour d'autres raisons. En tout cas, quand je repense à cet épisode, je me dis que le manque de cohérence est évidemment fâcheux mais amusant. Il faut dire que deux ans s'étaient écoulés entre la première déclaration et l'autre.

Mais voici un cas où la contradiction fut plus étroitement resserrée. La scène se passe dans une maison de santé en Provence. Il s'agissait de peu de chose : simplement une petite infection à un doigt de pied. En arrivant dans la ville, je consultai un médecin qui me conseilla d'aller tout de suite à la maison de santé, pour subir une petite intervention. Le lendemain matin, jour de l'opération, un infirmier vint dans ma chambre, apportant la chemise que je devais revêtir. Mais, à peine la chose faite, il me dit, pointant le doigt vers le petit collier d'or que je porte depuis toujours : « Il faut ôter votre collier. » Je fus un peu surprise, et rappelai que mon opération portait sur un orteil. Mais il eut cette réponse, convaincue – et d'ailleurs convaincante : « Vous n'imaginez quand même pas que vous allez entrer en salle d'opération avec un objet qui n'a pas été désinfecté ! » Je fus immédiatement d'accord ; et je me prêtai sans plaisir mais sans protestation à la difficile opération d'ôter mon petit collier d'or.

Je le mis dans mon sac et je demandai sagement : « Et mon sac, où le met-on ? Dans la salle de bains ? » Il bondit alors, pris d'horreur à cette idée, et me signifia qu'on ne pouvait laisser un objet de valeur dans une chambre qui se trouverait à ce moment-là inoccupée. Ici encore je fus convaincue. Mais le résultat ? Il hésita un instant, puis résolument me plaça le sac sur l'estomac : « Alors voilà : ce sera plus sûr ! » C'était un gros sac commode pour le voyage où s'entassaient les billets, les papiers, les clés, tout un ensemble d'objets très peu désinfectés ! Il n'empêche que je partis en salle d'opération avec cet amas hétéroclite posé sur ma poitrine, mais sans mon collier. Le plaisir de remarquer une incohérence aussi criante fit que l'amusement me pénétra, dominant la légère appréhension qu'entraîne toute intervention, même bénigne.

Mais ce petit épisode m'en rappelle un autre qui eut lieu dans la même maison de santé. À vrai dire, il aurait pu figurer au chapitre précédent, car il s'agit bien de l'emploi des mots et de la langue, mais l'anecdote se soude trop bien à la précédente pour que je l'en sépare, et d'ailleurs il ne s'agit pas vraiment de fautes de langue mais déjà de rencontres insolites. Dans cette même maison de santé, en effet, il arriva qu'un jour (car j'y restai malgré tout quelques jours), on ne m'apporta pas de déjeuner du tout. Vers quatorze heures, passablement surprise et mécontente, j'entendis une infirmière passer dans le couloir, et aussitôt je l'appelai, lui indiquant que je n'avais toujours pas eu mon déjeuner. Elle me regarda soupçonneuse et me demanda : « Parce que vous mangez, d'habitude ? » J'avouai que c'était là, en effet, mon habitude. Alors, depuis le couloir, elle se tourna vers le bureau, qui était à bonne distance, et, criant assez fort, elle fit entendre cette phrase, qui s'appliquait à moi : « Dis donc, le 29 dit qu'il mange ! » N'auriez-vous pas ri à ma place ? Et pourtant il est un peu difficile d'expliquer pourquoi. Il y avait évidemment le fait que moi, j'étais transformée en un numéro au masculin : j'étais « le 29 » ; et ce 29 faisait une déclaration qui semblait suggérer une habitude constante ; je devenais une sorte de monstre doué de la parole et ne cessant de manger. L'amusement qui en résulta vint heureusement compléter la satisfaction de ce déjeuner tardif.

Ce dernier exemple montre assez comment les moindres détails peuvent nous faire glisser d'un domaine à un autre ; et cela arrive souvent ! Quelquefois, c'est une nuance ; quelquefois, un rapprochement imprévu : en tout cas, l'effet de surprise est là.

Il suffit de reprendre les divisions du chapitre précédent et les exemples arrivent à foison. Ainsi j'ai parlé des accidents matériels qui viennent modifier une phrase, certains faisant apparaître des fautes de langue plus ou moins comiques. Il peut aussi en arriver qui n'entraînent aucune faute de langue et qui sont cependant à l'origine d'un véritable effet comique. Ce fut le cas lorsque notre ami, le chef d'orchestre, nous apporta, un soir, l'enregistrement qu'il venait de faire d'une préface pour un disque de musique. L'enregistrement commençait très bien et puis, tout à coup, l'appareil s'est enrayé et la voix s'est mise à répéter, indéfiniment : « Ce chef-d'œuvre, ce chef-d'œuvre, ce chef-d'œuvre... » ! Nous nous sommes regardés les uns les autres, levant des yeux étonnés et de plus en plus rieurs. Nous avions compris ce qui se passait, mais nous avions également compris qu'ainsi apparaissait une ironie mordante à l'égard de tous ces discours auxquels nous étions en général habitués, discours de préface, d'éloges funèbres, de présentations flatteuses ! Si le disque s'était arrêté sur un autre mot, il n'y aurait rien eu de comique ; si même il s'était arrêté sur le mot « chef-d'œuvre » et que rien n'ait suivi, il n'y aurait non plus rien eu de comique. Mais cette répétition inlassable du mot « chef-d'œuvre » devenait du coup une parodie sévère, qui ne ridiculisait pas seulement l'introduction de notre ami le chef d'orchestre, mais semblait viser tout effet rhétorique, toute insistance sur les qualités d'une œuvre, et elle frappait juste. Simplement, nous avions plutôt l'habitude de varier ces explications que nous donnons habituellement pour faire comprendre que l'œuvre en question est, en fait, un chef-d'œuvre. Quelquefois, à présent, quand j'entends de tels éloges ou quand je compose moi-même le texte d'une préface, je me mets à rire doucement et je me répète à moi-même ce mot si facilement ironique : « Ce chef-d'œuvre, ce chef-d'œuvre… »

J'ai aussi mentionné, dans le chapitre précédent, ce recueil sur l'histoire de la littérature française fait de citations d'étudiants américains. Toutes m'enchantent. Mais une des plus belles est celle qui est relative à Buffon. Et je voudrais ici la citer entièrement, parce qu'elle correspond si bien aux thèmes que j'évoque en ces pages. Le jeune homme écrivait : « Buffon a écrit l'histoire générale et particulière » (ce qui est déjà une formule audacieuse !), « alors, il a été nommé de l'Académie ; et là, il a dit à eux la célébrée sentence : "Le cheval, c'est l'homme." »

C'était un joli télescopage de morceaux de citations. L'une disait « Le cheval est la plus belle conquête de l'homme », l'autre : « Le style, c'est l'homme. » Mais en les télescopant en un tout, l'auteur arrivait à mélanger le monde animal et le monde humain en un raccourci parfaitement absurde. Là encore, je sais bien qu'il m'arrive par moments, quand je découvre dans des copies des citations inexactes, ou bien dans des articles de journaux des formules audacieusement raccourcies et indiscutablement absurdes, de me répéter à moi-même, comme une allusion atténuant l'irritation causée par ces menues bévues : « Le cheval c'est l'homme. » Alors je me mets à rire et les bêtises que je lis, au lieu de m'exaspérer, rejoignent le domaine du comique dont cette phrase devient le symbole.

Mais ce brusque passage du monde animal au monde humain me rappelle aussitôt d'autres histoires, renvoyant à des circonstances toutes différentes, mais où se retrouve le même effet de rapprochement suggestif entre l'homme et l'animal.

Voici, par exemple, un épisode dont je ne suis pas fière. C'était à Aix-en-Provence, pendant la guerre. Nous avions loué un tout petit appartement qui était la propriété de dames belges. Elles nous avaient fait remarquer le papier de tenture de la chambre, un beau jaune éclatant, qui était fragile et à quoi il fallait faire attention. Or, un jour, j'étais dans la chambre et je vois que mon mari était étendu sur le lit, la tête tranquillement appuyée sur le fameux papier jaune. Aussitôt, moi, toujours professeur et toujours scrupuleuse, je lui dis comme une institutrice parle à un enfant : « Attention ! Ne mets pas ta tête sur le jaune ! » Je devais être un peu agaçante, avec mes façons d'institutrice. Et j'aurais très bien compris que mon mari en fût quelque peu agacé. Il le fut, je crois. Mais on remarquera que j'avais dit « sur le jaune » et non « sur le papier jaune » ! C'est sans doute ce qui inspira sa réponse, que je n'oublierai jamais. D'un petit air revendicateur et contrarié, il me répondit : « Mais je ne suis pas un poussin ! »

Tout venait de mon expression inhabituelle : elle avait aussitôt suggéré à mon mari le jaune de l'œuf. Mais, du coup, sa protestation, qui nous faisait passer d'un monde humain à un monde animal, lui donnait, à lui, le rôle d'un petit animal à peine né et sans défense. Et, sans qu'il y eût le moindre heurt dans sa protestation, elle me donnait vraiment l'air d'une surveillante un peu insupportable. En fait, ce n'était pas si grave, et ses cheveux n'étaient pas si sales ! Une fois de plus, je faisais du zèle ; une fois de plus, j'étais assommante. Je le compris et, en même temps, je me mis à rire, car en poussant les choses à la limite et en protestant qu'il n'était pas un poussin, mon mari rendait l'observation burlesque et gentille plutôt qu'acrimonieuse. Nous avons ri ensemble, gentiment ; mais j'avais bien conscience qu'il venait de marquer un point, et que j'avais été dans mon tort. On peut rire ensemble et se sentir, à part soi, un peu penaud.

Mais, puisque j'ai introduit la poule, voici qu'elle me rappelle notre ami le chef d'orchestre. Nous nous trouvions, un jour, en voiture avec lui, et tout à coup, cédant à quelque inspiration soudaine, il donna, sans raison, trois petits coups de klaxon guillerets et joyeux. Sur quoi il ajouta : « Les poules vont croire que c'est nous qui avons pondu un œuf ! » Il n'aurait pas eu cette réaction s'il n'avait pas été un musicien, à qui tous les sons parlaient et suggéraient aussitôt des rapprochements ou des interprétations. Mais il n'avait pas fait une comparaison : il avait fait vivre, d'un coup, la poule et sa surprise. Nous l'avons aussitôt imaginée dans son poulailler, levant les yeux, légèrement ahurie, avec cet air étonné que prennent si facilement les poules, et penchant la tête de côté, en deux petites saccades, et se demandant – comme il l'avait si gentiment suggéré – quel était ce chant rival qui la surprenait ainsi. Par là, nous passions d'un univers à un autre, sans transition. Et nous avons joint nos rires au chant du klaxon.

Le cheval, le poussin, la poule : on glisse aisément d'un domaine à l'autre. Mais il faut remarquer que ce dernier exemple nous révèle un aspect qui est, pour nous, nouveau. Il ne s'agit plus d'une erreur ;

il ne s'agit même plus d'un manque d'à-propos. C'est tout doucement, sans problèmes, que l'imagination identifie un domaine avec l'autre et fait surgir un rapprochement amusant, mais charmant. On découvre alors, qu'il est parfaitement possible de changer de domaine, de glisser, d'identifier l'homme à l'animal de façon suggestive et poétique. Après tout, n'est-ce pas justement le propre du style que de nous offrir de tels glissements et de tels rapprochements ? N'est-ce pas un des procédés les plus employés que d'établir de tels rapprochements entre le domaine animal et le domaine humain ? Comment ne penserait-on pas aux fables de La Fontaine, où, constamment, on voit l'animal prendre des attitudes humaines et les deux mondes se confondre ? Quand le corbeau est sur son arbre, il est Maître Corbeau, et celui qui lui parle n'est en fait que le renard, Maître Renard. Ils ont des sentiments humains ; ils représentent l'homme ; c'est un succès de l'imagination et non pas une faute de langage, loin de là !

Nous avions ainsi, dans le chapitre précédent, découvert qu'à côté des mots malheureux il existait des formules volontaires ou involontaires, mais plaisantes, où ces mots malheureux devenaient des mots heureux. Nous découvrons ici que l'erreur consistant dans un manque d'à-propos est aussi à la source d'inventions, d'expressions brèves ou longues, toujours vivantes et suggestives, qui sont parmi les tours les plus heureux de notre langage. J'ai parlé à plusieurs reprises de passages d'un domaine à un autre : cette notion correspond exactement à un mot d'origine bien grecque qui parle aussi de transfert et qui est le mot *métaphore*.

Et ceci nous rappelle, au milieu de tant de bévues, que si le maniement de la langue comporte bien des pièges, il comporte aussi des richesses et une souplesse que l'on ne se lasse jamais d'admirer.

Quoi qu'il en soit, et pour en revenir à ces glissements involontaires qui nous font si volontiers rire, je voudrais au moins rappeler que de tels passages d'un domaine à un autre peuvent se présenter sous les formes les plus diverses. Un ton de voix, un mot trop simple, inadapté, et voilà le glissement fait !

Il y a, par exemple, le passage inattendu du monde bien réglé de l'univers au monde de l'accident et du hasard. La chose a l'air toute naturelle, mais impose le rire.

C'est ainsi qu'un jour, avec mon mari, nous prenions des bains de mer au bord de la Méditerranée depuis un grand rocher et nous étions très contents d'essayer notre masque de plongée, car, à ce moment-là, c'était une grande nouveauté. À quelque distance de là, un jeune homme nous admirait et semblait nous envier. Il nous vit essayer le masque, revenir ravis parce que nous avions pu observer des poissons. Aussitôt, usant d'audace, il s'approcha de nous et nous demanda si par hasard nous aurions la grande gentillesse de lui prêter quelques minutes notre masque, car il serait si heureux d'essayer cet appareil qu'il ne connaissait pas encore. Nous avons hésité : l'objet était trop précieux pour être confié à des mains inconnues : le jeune homme pouvait le perdre. Mais enfin, soucieux de nous conduire correctement, nous l'avons autorisé à le prendre pour quelques minutes. Il l'a pris, il a nagé très peu de temps, il a plongé une fois et il est remonté en tenant un objet à la main. Puis il est venu à nous et nous a dit avec un parfait naturel : « Merci beaucoup, j'en ai trouvé un. » Et c'était vrai, il tenait à la main un autre de ces précieux masques de plongée. Nous l'avons regardé avec quelque stupeur. Il avait l'air de trouver cela si naturel ! Nous nous sommes peut-être demandé un instant s'il ne nous avait pas raconté d'histoires et s'il ne savait pas qu'il y avait là un masque tombé dans l'eau et susceptible d'être ramassé. Mais apparemment non, et il nous parlait comme s'il était tout naturel que l'ordre du monde et celui des mers fussent dérangés pour sa simple commodité. Il aurait eu l'air émerveillé de cette chance que nous aurions à peine fait attention. Mais il trouvait cela si normal que nous ne pouvions nous empêcher d'en rire, éberlués.

Je crois qu'il en est un peu de même dans une histoire qui ne m'est pas arrivée à moi, mais qui m'a été racontée : celle d'un avion qui fut saisi dans une trombe, et il en résulta mille désordres : les hôtesses de l'air collées au plafond, les bagages tout en désordre, les bas filant... Puis, quand tout fut rentré dans l'ordre, un homme sortit des toilettes, tout confus, en s'excusant d'avoir, craignait-il, appuyé sur le mauvais bouton ! Entre le monde naturel et mécanique et le monde imprévisible du dehors, il établissait un rapport inverse, et s'attribuait une responsabilité vraiment peu justifiée.

Mais ce mélange du naturel et du surnaturel, et l'effet comique qui en résulte, se retrouve, en fait, à chaque instant. Je me rappelle bien cet ami à nous, qui avait de grands talents de magnétiseur, et qui se le prouvait à lui-même en momifiant des côtelettes. Sa femme, lassée mais non surprise, faisait observer, comme un détail de simple encombrement : « Ah, ces côtelettes ! Il en traîne dans tous les tiroirs ! » Le naturel et le surnaturel se mêlent donc à chaque instant. Et, à chaque instant, on est dérouté et secrètement amusé. On ne va pas tout à fait jusqu'au rire ; on échange un regard ironique, sans plus. Mais, justement, ce genre de glissement n'est-il pas le point de départ d'un certain comique dissimulé derrière un sérieux délibéré ? L'humour anglais aime ces contrastes entre un narrateur impassible et un récit plus que bizarre. Le maître d'hôtel impeccable de certains romans anglais, quand il traite froidement les situations les plus extravagantes, en est le modèle bien connu.

Mais peut-être faudrait-il revenir sur ce terme d'« à-propos » qui a été donné à toute cette série de petites histoires. On dit que l'on manque d'« à-propos » quand on s'écarte gauchement des circonstances ; mais on peut aussi parler joliment d'une chose « à propos » d'une autre ! La vie est compliquée !

De tous les glissements de ce genre, seuls nous frappent ceux qui impliquent une erreur sur la personne à qui l'on s'adresse : d'où les gaffes et les quiproquos !

La vie universitaire en comporte bien des exemples, puisqu'elle impose des visites protocolaires pour soutenir une candidature à différents niveaux d'une carrière. Des histoires de candidature, j'en connais tellement ! On se trompe sur la personne que l'on va voir ou bien sur celle que l'on reçoit. C'est ainsi qu'un historien de la Grèce antique, très connu dans les milieux savants, se rendait en visite chez un professeur de la Sorbonne, alors qu'il était candidat. Un domestique le fit entrer, lui annonça qu'en effet Monsieur allait le recevoir. Il comparut devant un inconnu, qui lui demanda en quoi il pouvait lui être utile. Alors, notre homme, tout pénétré de son savoir et de ses recherches érudites, commença à lui expliquer qu'il était candidat à la Sorbonne parce que, d'après lui, la date de la guerre de Troie devait être nettement modifiée, à cause des générations des héros, etc. ! L'homme le regardait, surpris mais prêt à tout, puis il s'étonna : « Monsieur, je comprends très bien, mais je ne vois pas en quoi je peux vous être utile. Je suis psychiatre, c'est vrai, mais enfin... » Notre savant s'était tout simplement trompé d'étage !

Un autre fut très bien accueilli par un professeur qui l'assura de son soutien ; ce candidat s'appelait, mettons, Guérin ; et le professeur conclut l'entretien en lui disant : « Monsieur, vous m'avez tout à fait convaincu, mais méfiez-vous d'un petit intrigant qui pourrait être dangereux : il s'appelle Guérin... ! »

Enfin ce peut être, entre gens qui ne se connaissent pas, une erreur sur un mot, qui prend tout son relief du fait, justement, qu'ils ne se connaissent pas. Un collègue, qui devait devenir célèbre dans le domaine de l'histoire de l'art, faisait ainsi visite à un professeur de la Sorbonne, qui l'encourageait vivement. Le professeur conclut même en disant que notre candidat avait les plus grandes chances d'être élu. Le jeune savant, pour dire quelque chose, et avoir l'air un peu modeste, se réfugia dans une banalité, et déclara : « Oh ! On ne sait jamais ! L'assemblée est nombreuse... » Quelle ne fut pas sa stupeur quand le professeur s'exclama : « Ah, monsieur, comme c'est juste ! Et comme c'est finement dit et bien pensé ! » On peut imaginer la surprise de notre candidat à voir ainsi louée une telle banalité. Les choses s'éclairèrent quand le professeur ajouta : « Ombreuse ! Comme c'est juste : l'assemblée est ombreuse !... » Jamais le candidat, dont tous aujourd'hui connaissent le nom, n'osa, naturellement, rectifier l'erreur et détromper son admirateur.

La vie universitaire est donc apparemment semée d'embûches ! Il en résulte parfois des doutes et des inquiétudes. Je n'en citerai qu'un exemple, très personnel : il s'agit de la présidence du baccalauréat dans l'académie de Lille, en septembre – une session qui n'était pas très demandée et où l'on avait rarement affaire à des collègues d'importance. On m'avait dit que les membres du jury souffraient de cette situation et voyaient d'un très mauvais œil que le président du jury, un professeur d'université, voulût se mêler de tout et leur faire la loi : il fallait être très aimable. J'ai donc essayé, sagement, de me conformer à ces conseils au milieu de tous ces membres du jury qui, en effet, n'avaient pas l'air très désireux de recueillir mon avis. Ce fut un peu désagréable et, pour me consoler, à la fin de la séance, je me rendis, toute seule, au cinéma. Je rentrais à mon hôtel – un hôtel situé comme de juste dans le quartier de la gare, qui n'est dans aucune ville du monde très bien fréquenté le soir ou la nuit –, je descendais donc vers mon hôtel, quand je fus rejointe par un homme d'aspect peu encourageant, qui me dit avec un fort accent traînard et un peu insolent : « Alors, on s'promène ? » Et l'angoisse me prit : était-ce un mauvais garçon me prenant pour une de ces femmes qu'on aborde auprès des gares ? Ou était-ce un de ces membres du jury avec qui on m'avait conseillé d'être extrêmement courtoise ? Dans le doute, j'essayai de la courtoisie et répondis d'un petit air sage et conciliant qu'en effet j'étais allée au cinéma, que j'avais vu un film et qu'à présent je rentrais... C'est tout juste si je ne lui racontai pas le film ! Mais, en fait, je trouvais que son allure était inquiétante : il avait un air goguenard et, disons-le, assez peu courtois. Je me sentais ridicule au possible et je guettais avec angoisse le moment où l'on arriverait à mon hôtel pour me débarrasser enfin et de lui et du problème qu'il me posait. Que l'on se rassure : j'y suis arrivée et encore aujourd'hui je ne saurais absolument pas dire si c'était un voyou ou un membre du jury. J'avais passé un moment plutôt désagréable. Pourtant, à peine dans ma chambre d'hôtel et ma porte refermée à clé, je me jetai sur mon lit et me mis à rire de mon aventure.

Mais passons ! Je n'ai pas perdu mon honneur avec l'hypothétique membre du jury, mais, dans ce genre, il m'est arrivé pire. L'histoire sur laquelle j'aimerais terminer ce chapitre (à ma grande honte) pourrait être la seconde des histoires dans lesquelles j'ai, selon la formule, « perdu mon honneur ».

Il s'agit, en fait, d'une erreur sur la personne. Et, après tout, dans la première de ces histoires, citée dans l'introduction, c'était bien déjà d'une sorte d'erreur sur la personne qu'il s'agissait, puisque je m'attendais à voir le neveu et non pas l'oncle, et qu'il croyait lui-même s'adresser à quelque bonne amie de passage et non à quelque docte professeur. Les erreurs sur la personne sont plus fréquentes qu'on ne croit.

La scène se place dans ma maison de Provence. Ma chambre est au premier étage et, lorsque je monte le soir, je vérifie avec soin s'il n'est entré aucun insecte. Mon habitude, je l'avoue, est de faire tuer des insectes par mon gardien qui habite un logement indépendant, mais dont une pièce est contiguë à ma chambre. Je n'ai jamais aimé tuer les insectes et, maintenant que je vois très mal, je suis devenue tout à fait incapable de viser correctement. Or, ce soir-là, à peine entrée chez moi, je vis, posé sur mon oreiller bien blanc, un insecte bien noir qui avait un peu la forme d'un ver et qui se tenait immobile, bien visible sur le blanc de l'oreiller. Je me jetai sur le téléphone et fis le numéro de mon gardien, en espérant que ce serait lui qui répondrait, et que l'on gagnerait ainsi du temps. Oui, par chance ce fut une voix d'homme et je me hâtai de demander : « Ah, bonsoir, est-ce que vous pouvez venir tout de suite pour me tuer une bête, s'il vous plaît ! » La voix hésita, puis me dit : « Oui, bien sûr, quel genre de bête ? » Je fus impatientée, l'animal allait glisser, se perdre, disparaître dans mon lit. Mon gardien devait pourtant avoir l'habitude d'arriver tout de suite, la tapette à la main, et agir pour me tirer d'affaire ! Mais il parlait, il interrogeait. Aussi je me suis un peu fâchée et je lui dis : « Mais enfin, quoi, vous ne me reconnaissez pas ? Je suis Mme de Romilly, je suis là, à côté de chez vous, à la Campagne May ! Vous savez bien que je ne peux pas tuer ces bêtes moi-même ! » Mais il ne se hâtait toujours pas. Il apprécia ces renseignements, mais me demanda encore de quel genre de bête il s'agissait. Alors mon impatience s'exprima avec netteté et je lâchai la phrase désastreuse : « C'est une grosse bête noire et elle est dans mon lit ! »

Oui, j'ai dit cela par impatience et je reconnais que la phrase pourrait compter parmi les « mots malheureux ». Mais ce qui la rendit bien pire fut la suite. Car mon interlocuteur, certainement frappé par une telle définition, me demanda non seulement quel genre d'arme il devait apporter, mais aussi où il devait se rendre, ce qui me révéla non moins vite que je ne parlais pas du tout à mon gardien. J'avais raconté toute cette histoire à un inconnu, en lui donnant mon nom et mon adresse. Et, en se rappelant ma belle formule sur « la grosse bête noire », il avait dû briller dans tous les dîners de la saison en répétant fièrement cette ridicule conversation.

C'était fâcheux ; mais je dois avouer que, malgré tout, n'étant pas complètement idiote, à peine la bête tuée – par mon vrai gardien –, je me suis mise à rire moi-même ; et, dans la suite, je crois avoir offert le récit de ce malentendu à bien des reprises, pour faire rire les autres. Cet épisode est le type même de la rencontre malencontreuse et involontaire, le type même de l'erreur d'orientation.

On peut aussi en dégager deux remarques. La première est qu'on ne rit pas nécessairement des autres, et que le rire n'implique nullement un sentiment de supériorité. Presque toutes les histoires que j'ai racontées dans ce chapitre tournent à ma confusion ! Si l'on peut dire, par conséquent, qu'un certain comique implique une critique d'autrui, cela n'est pas vrai de cet amusement discret et sans cesse renouvelé qui accompagne notre existence et lui donne une saveur souvent si plaisante. On rit de soi au moins autant que des autres : on rit tout simplement de la vie.

La seconde conclusion a trait à la transmission même de ces histoires. J'avoue que parfois, en les racontant, je me demande si quelqu'un d'autre que moi en tirera le moindre amusement. Peut-être est-ce ce qui me pousse à ajouter, à chaque fois, la remarque « et nous avons bien ri ». En fait, l'amusement que l'on éprouve sur le moment s'accompagne, pour chaque histoire, de l'idée stimulante que l'on pourra la raconter, que d'autres s'en amuseront, et que l'on a ainsi enregistré comme un petit trésor de joies à partager. Ainsi ces histoires, partagées avec d'autres personnes, ont été comme doublées de l'amusement qu'elles avaient provoqué autour de moi. Peut-être n'y a-t-il pas de véritable amusement dans une complète solitude et relativement à des faits qui ne seront connus de personne d'autre. Le partage avec d'autres, possible ou bien réel, est sans doute une part importante du comique.

On rit tout bas pour soi ; on rit vraiment à deux ou à plusieurs. Tout amusement secret vous prépare à rire ensemble.

III

RIRE ENSEMBLE

Il est temps, en effet, de le dire, toutes ces histoires qui m'amusaient, m'amusaient en grande partie parce que je me réjouissais de les raconter à mes proches et d'en rire avec eux. En fait, quand on rit pour soi, ce n'est que de façon provisoire, en attendant de partager l'amusement avec quelqu'un de qui on se sent proche. Déjà, sur le moment, je me réjouissais de recueillir ces petits trésors destinés à être partagés.

Je les partageais avant tout avec ma mère. Et je me demande, même, si cette habitude de rire si volontiers, et de relever tant d'anecdotes plus ou moins amusantes, n'a pas été en moi le reflet de son goût à elle, de sa tendance à elle. C'est à elle qu'appartenait ce don de voir toute l'existence sous un jour éveillé, amusé et joyeux. Sans doute lui dois-je cette tendance, qui s'est communiquée à moi depuis l'enfance.

Je me souviens, en effet, avec un certain étonnement, que déjà, quand j'étais une petite fille, elle me racontait, pour mon ravissement, toutes les histoires qui lui paraissaient étranges et amusantes dans sa vie d'alors. Elle les avait perçues, elle y était sensible, elle avait envie d'en rire, même avec une petite fille comme moi, qui lui faisait confiance sans bien comprendre tout le comique qu'elle eût voulu y mettre.

C'est ainsi que dans ses débuts littéraires, quand elle connut Bernard Grasset, elle me racontait, pleine de rires, comment il lui avait fait des offres saugrenues, lui proposant ainsi de danser dans son propre bureau au son d'un phonographe : « Tu te rends compte ! Comme cela, sans personne dans son bureau : de quoi cela avait l'air !... » et ses yeux pétillaient de malice, car elle était la jeune femme la plus sage du monde et cette proposition n'était évidemment pas des plus innocentes. Mais moi, qui ne connaissais rien de la vie, que personne n'avait songé à faire danser dans un bureau de travail au son d'un gramophone, ni à comprendre ce qu'une telle offre impliquait, je riais, charmée de la voir contente et prête à rire. De même, le jour où il l'invita à dîner et avait réservé un cabinet particulier : « De quoi cela avait-il l'air, tu imagines ? Un cabinet particulier, comme si j'étais une espèce de star, ou que nous allions jouer quelques grandes scènes sentimentales ! » Et puis elle riait, scandalisée et un peu flattée, elle la toute sage qui racontait cela à sa petite fille d'environ dix ans... Et je riais à mon tour, entraînée par son amusement à elle, et me rendant compte que cela devait être drôle, et que c'était flatteur, et qu'elle avait été parfaite, comme toujours...

Plus tard, quand elle eut des relations suivies avec un ami qui dessinait beaucoup, elle partait presque tous les dimanches en voiture avec lui. Oui, ce devait être une sorte de liaison. Mais elle était si drôle quand elle me racontait, à quelques jours de là, que toute l'après-midi son ami dessinait, installé avec son chevalet non loin de la voiture, tout attentif à son travail, et silencieux : « Et moi, pendant ce temps-là, je lisais toute seule, dans la voiture !... » Cela se plaçait un peu plus tard dans nos vies, et j'étais très capable de comprendre que cet emploi de leur temps ne représentait pas un zèle extraordinaire de la part de son admirateur. Elle l'acceptait, mais elle avait conscience que ce n'était pas très normal et qu'elle avait un certain mérite à l'accepter ; et surtout, elle savait déjà voir tout de l'extérieur, comme s'il s'était agi de quelqu'un d'autre, et en rire avec cette douce amertume de qui comprend les choses et ne proteste pas contre elles. Et moi, je m'amusais de son intelligence, de sa lucidité et je me sentais un peu sévère pour cet ami si peu empressé. Elle riait, alors je riais aussi ; et je commençais tout doucement à comprendre que, dans la vie, il faut accepter avec le sourire bien des choses qui pourraient être un peu plus satisfaisantes, mais dont il vaut mieux rire que de s'agacer. Elle était lucide, ma mère ; et je pense qu'elle trouvait quelque consolation à regarder ainsi la situation du dehors, et à en faire partager la vision lucide à une petite fille pleine d'admiration et déjà, ou presque, de compréhension.

Tout pour elle était aventure et drôlerie. Les gestes de gentillesse qu'avait pour elle le jardinier de l'hôtel où nous allions l'été, les petits cadeaux imprévus que lui faisaient les gens simples, les visites dont elle ne comprenait pas le but mais qu'elle acceptait, ou bien les raseurs : les raseurs eux-mêmes l'amusaient.

Je me rappelle un de ses admirateurs qui s'obstinait à lui rendre de longues visites. Malicieusement, elle invitait un autre ami de vieille date à arriver au même moment et à rester : elle se protégeait ainsi de ces tentatives de séduction qu'elle était devenue si experte à combattre. Elle trouvait même un plaisir un peu farceur à voir combien était vexé le visiteur importun ! Elle me racontait aussi ces épisodes-là, plus ou moins, pour s'en amuser ; et moi, je crois bien que, tout doucement, j'apprenais à vivre.

Dans tout cela j'étais très jeune, bizarrement jeune pour de telles confidences. C'était une façon de vivre ensemble et, quand je fus adulte moi aussi, l'habitude s'est poursuivie, facilitée encore par cette longue connivence qu'elle avait su établir entre nous.

Mais, peu à peu, après s'être si bien moquée de ses succès et de ces tentatives de séduction, elle en était venue à se moquer de ses propres difficultés et de ses propres infirmités. Elle qui avait publié de nombreux livres, avait eu une ou deux pièces jouées, avait fait des émissions de radio sur les séances de la Chambre des députés, qui avait siégé dans des comités de lecture de la radio et adapté de nombreuses pièces de théâtre, elle qui avait réussi dans tant de domaines, elle s'était toujours défendue, précisément, par l'ironie et le rire. Je me rappelle la façon dont elle avait pris les propos dignes et compassés de voisins qui la traitaient de « gourgandine » et comme elle savait se défendre contre ma belle-famille, toute prête à la laisser se retirer loin de moi dans une vie qu'ils ne connaissaient pas et qui pourtant était tout entière remplie de moi : elle ne laissait pas passer une phrase, pas un mot, sans le relever avec ironie, et sans m'en faire part de façon tout à fait résolue, et pourtant sans amertume. Oui, on peut dire que rien ne lui échappait...

Ainsi quand nous allions dans la région d'Aix-en-Provence, où nous avions, mon mari et moi, une petite maison, elle s'installait, elle, dans l'hôtel voisin ; et, là, combien elle aimait à récolter toutes les histoires drôles qui peuvent se dérouler dans un grand hôtel ! En tant qu'écrivain, intéressée par les gens, elle aimait observer et s'amuser. Elle nous décrivait les clients, les ménages mal assortis et les couples affichant tranquillement, jusque dans la salle à manger, leurs liens irréguliers. Elle aimait que ses amis, au bureau de l'hôtel, lui donnent des précisions sur ces gens, et ces petits scandales. Pour un esprit curieux comme le sien, il y avait là une riche matière, avec ces voyageurs mêlés qui descendaient de Paris vers la Côte. Elle nous racontait, le lendemain, ces scènes de comédie humaine, muettes et pittoresques.

Et puis, la scène changea : elle se retrouva dans son petit appartement de Paris, seule, et son ironie eut à s'exercer sur ses propres difficultés. Je crois l'avoir déjà raconté, mais était-ce chez des amis ou dans une interview, ou dans un livre, je ne sais plus. Ces souvenirs me hantent si bien que j'ai tendance à me répéter, mais c'est, chez moi, l'effet de la tendresse plus que du vieillissement.

C'est le cas pour la visite du prêtre. Celui-ci était lié de grande amitié avec une amie à moi qui venait de mourir. Je crois, en fait, qu'elle avait toujours espéré que, malgré son état de prêtre, ils pourraient un jour, de quelque façon, unir leurs destinées. En tout cas, il l'avait soutenue et accompagnée lors de sa mort. Puis, il était venu me voir et nous avions parlé de ce deuil, avec une longue émotion. Il avait demandé, en s'en allant, à saluer ma mère à l'étage inférieur, et nous y étions allés. Mais ma mère n'était pas prévenue et j'étais sûre qu'elle ignorait le nom de ce prêtre, qui n'était d'ailleurs pas habillé en prêtre. Je lui ai dit ou plutôt j'ai marmonné gauchement : « Tu sais, c'est le Père, l'ami d'Annie... » Elle eut l'air enchantée, l'invita à s'asseoir et lui offrit du whisky. Une conversation vive et animée s'ensuivit. Il était manifeste qu'elle ne savait pas du tout qui il était et n'osait pas le demander : elle se livrait en aveugle à ce jeu consistant à faire semblant de savoir de qui il s'agissait et de quoi il retournait alors qu'elle n'en avait pas la moindre idée ! Elle resta gentiment à bavarder pendant près d'une demi-heure, puis je le raccompagnai à l'ascenseur.

Quand je revins, ma mère était debout, les yeux pétillants d'amusement, et, toute fière de cette manifestation difficile, elle me dit : « Mais qui est-ce ? J'ai entendu " le père ", mais le père de qui ? » N'importe qui d'autre à sa place aurait pu être exaspéré, souffrir de n'avoir pas pu entendre et d'avoir été mis à l'épreuve pendant tout ce temps. Elle, elle n'avait vu que l'épreuve saugrenue et traversée avec succès : l'épisode avait été pour elle comme une scène de théâtre, dont elle n'aurait connu ni le début, ni les scènes précédentes, ni les scènes suivantes. Et cela avait été un exercice dont elle était très amusée de s'être tirée sans désastre.

Non ! Il n'y avait pas de quoi rire ; il y aurait eu plutôt de quoi être vivement contrarié. Elle ne l'était pas, ma mère ; et je n'oublierai jamais comment elle était là, debout, dans le studio qu'elle habitait alors, et comme ses yeux brillaient et comme elle riait. Prendre la vie ainsi n'était pas sans élégance ; et cela m'a réchauffé le cœur sur le moment. Cela devrait bien m'être un modèle encore aujourd'hui.

Et ce le fut en réalité, je le comprends à présent. Depuis le début, elle a su me communiquer cette façon de voir la vie comme un spectacle et de s'en tirer au mieux. Elle a su m'habituer à cette façon de jouer un peu sa propre vie, de la voir de haut et de la prendre pour un spectacle dont on est apte à apprécier les côtés révélateurs, ou burlesques, ou touchants. Si j'ai entendu, tout au long de ma vie, ces mots malheureux ou charmants, illustrant des malentendus, des confusions et me donnant au passage cet amusement léger de qui prend la vie comme elle vient, c'est à son exemple que je le dois.

Et pourtant ce n'est pas tout. Il y avait quelque chose en plus, quelque chose que je commence seulement à reconnaître maintenant, après coup. Ce quelque chose était simplement la conscience aiguë de la tendresse qui depuis toujours nous avait unies. Quand on a tout partagé, que l'on s'entend, que l'on s'apprécie, que l'on est proche et que l'on a partagé des quantités d'expériences, tout devient source d'amusement et de complicité. Il n'est pas besoin que la situation soit comique : la longue habitude de la tendresse transformait tout en jeu, en un jeu qui ne se joue qu'à deux.

Nous avions si bien l'habitude l'une de l'autre que tout devenait pour nous comme un langage secret et convenu. D'ailleurs c'est un fait : nos amis avaient des surnoms employés de façon absolument régulière et qui n'existaient que pour nous. Tel de mes amis – un savant charmant, au fin visage mobile, aux cheveux bruns, toujours prêt à s'interroger sur les faits, sur l'histoire, sur les gens – était un homme fort respectable et qui avait un nom tout à fait connu et simple, mais nous l'avions toujours appelé « cet écureuil » ! Oui, il a été directeur de l'École normale supérieure, mais pour nous, il devenait ce petit animal sympathique et fureteur, fuyant, mobile, gracieux : nous ne l'aurions jamais appelé autrement. On entrait ainsi dans un monde fictif, où le lien entre nous créait une complicité innocente qui, comme toutes les complicités, impliquait l'amusement d'en connaître et d'en vivre les secrètes habitudes. Oui, il y avait « cet écureuil ». Il y avait aussi « mon protecteur », ou « ton protecteur », un autre savant éminent, qui avait bien voulu s'intéresser à ma carrière et qui avait reçu ce surnom, déjà un peu comique par les références sociales assez peu reluisantes qui semblaient s'y attacher.

Dans ce langage secret, il y avait aussi des signes secrets. Ma mère entendait mal : il était donc tentant de remplacer certaines expressions par un geste correspondant. Et, naturellement, là aussi, le geste avait parfois des connotations qui auraient fait rire n'importe qui. Pour désigner « un homme » ou bien « une femme », il y avait un petit geste rapide et simple, qui pouvait représenter, au mieux, le branchement d'une prise électrique, ou bien, au pire, l'acte sexuel. Un mouvement d'une main indiquait s'il s'agissait du mâle ou de la femelle. Ma mère était une femme extrêmement correcte, et elle était toujours un peu choquée de ce geste, juste assez pour en rire, juste assez pour en avoir un peu honte, et juste assez pour que cette connivence presque inavouable entre nous s'accompagnât toujours d'un éclat malicieux de la petite fille qui se voit surprise à mal parler ou à mal se tenir, mais qui s'en amuse également. Comme on aurait dit alors, « ce n'était pas convenable » ; mais l'habitude nous faisait rire, et je la pratiquais d'autant plus volontiers, tout comme on fait allusion à des habitudes communes dont personne d'autre n'est au courant, et qui sont comme un beau secret qu'il vaut mieux ne pas révéler.

Il y avait même des phrases secrètes, je m'en rends compte après coup. Je ne citerai pas la phrase exacte que nous avions pris l'habitude d'échanger le soir en nous quittant. Quand je m'en allais vers la porte, je disais cette phrase et elle me répondait par la même phrase d'un air entendu. C'était, en un sens, une phrase terrible puisqu'elle disait « mort à... » (je ne dirai pas le nom, car il me créerait bien des ennuis). Il s'agissait d'un homme politique avec qui j'ai eu après cela des relations tout à fait normales. Aussi bien cette phrase ne marquait-elle qu'un agacement peut-être justifié, et surtout le principe d'une connivence entre nous. Nous répétions cette formule redoutable pour suggérer que nous aimions être d'accord et n'en parlerions à personne d'autre. C'était simplement une façon un peu inhabituelle de nous dire l'une à l'autre : « Bonsoir, et bonne nuit ! » La formule d'apparence cruelle faisait partie d'un jeu tout inspiré par la tendresse.

Ah ! Ma mère ! Je donne ici une idée bien fausse de nos rapports : je devrais dire que nous nous fâchions parfois, ou plutôt que, moi, je me fâchais. J'avais l'habitude des discussions menées de façon systématique avec une logique rigoureuse ; ma mère, elle, sautait aux conclusions par une sorte d'instinct et d'intuition. Cela m'agaçait souvent, je protestais ; et j'étais contrariée de constater que, presque toujours, elle avait raison, que c'était moi, qui raisonnais bien, qui avais tort. Il en résultait des fâcheries cruelles : je ne crois pas qu'il y en eût jamais une qui durât plus d'une demi-heure et chacun sait combien les réconciliations sont douces. Je crois bien que ces petits éclats rehaussaient encore la merveilleuse entente au cours de laquelle elle m'apprenait à voir ainsi, non sans courage, le côté comique et distrayant de tout et même de nos épreuves.

J'ai reçu cela, j'ai eu ce cadeau qui m'a accompagnée à travers la vie. Faut-il dire que je lui dois toute l'habitude de ce rire qui aide à vivre ? C'est probable. Et pourtant je voudrais ajouter que ce miracle de rire à deux, je l'ai aussi connu, au cours de la vie, avec d'autres.

J'ai même l'impression que chacun des êtres qui ont joué un rôle dans ma vie a, en quelque sorte, apporté son lot d'histoires drôles, parfois personnelles, parfois très personnelles, et que j'entends encore leurs voix différentes m'apporter joyeusement ce tribut. Peut-être cherchais-je de tels amis, de telles relations, à cause des dispositions que je tenais de ma mère. Mais le fait est que, de tous les côtés, je revois ces moissons venant des êtres chers.

Et comment ne pas laisser la première place à mon mari ? Sans rien raconter de personnel, il est clair que, dans un couple, il y a toujours un langage secret pour désigner bien des réalités, bien des circonstances, bien des amis ; et c'était le cas. Mais je crois devoir dire que je lui dois aussi tout un lot d'histoires qui étaient les siennes et dont j'ai en quelque sorte hérité. Et puis il y a eu toutes les histoires apportées par des amis.

Je dois à un ami juif la merveille des histoires juives où se marque la gentille obstination de ces êtres souvent misérables. C'est ainsi que je me rappelle bien l'histoire de l'homme qui, dans la nuit, ne pouvait pas dormir, tant il se faisait de soucis ; et sa femme, attentive comme toutes les femmes de la tradition juive, lui demande ce qui lui arrive ; et lui de répondre que le lendemain il va devoir avouer à son ami Abraham qu'il ne pourra pas lui rembourser l'argent emprunté et qu'il devait lui rendre ce jour-là. Alors la femme n'hésite pas, elle court à la fenêtre et, dans ces étroites rues où vivaient tant de juifs, elle appelle « Abraham, Abraham ! » et elle crie : « Je veux te dire que mon mari n'aura pas l'argent demain. » Et elle se recouche en disant, satisfaite : « Et maintenant, c'est lui qui ne pourra pas dormir !... » Oui, ces histoires me font rire et me touchent. Je sais que l'ami qui me les racontait (et il y en avait tant et tant) les tenait de sa mère ou de quelque parente et c'était comme une tradition qui les rapprochait et qui soudain me rapprochait d'eux. Là aussi il y avait rire et il y avait entente, et l'on peut dire qu'il y avait rire parce qu'il y avait entente.

Et puis, dans un tout autre domaine, il y eut cet ami anglais qui, avec un humour assez féroce, nous rapportait les histoires drôles d'Oxford, imitant volontiers la façon de parler des Anglais, avec l'air timide et bonhomme que ceux-ci affectent parfois. Certaines de ces histoires étaient relatives au monde savant, d'autres étaient simplement des histoires anglaises sur les Anglais. Je ne rapporterai pas ces histoires qui supposent une certaine initiation à ce monde, mais j'entends encore sa voix qui martelait les mots, faisant attendre le sourire et détachant avec jubilation les termes où se traduisait sa redoutable lucidité. On riait avec lui : il y comptait ! Mais je m'amuse encore, des années après, au souvenir de cet humour ; et j'aimais cet humour. Mais je voyais bien que les autres aussi l'aimaient et qu'il se faisait une sorte de secrète entente entre tous ceux qui se sentaient capables de l'aimer.

Et il y a eu les histoires drôles dans toutes les rencontres universitaires, dans les examens, dans la collaboration autour d'une même tâche. Là aussi se formaient partout comme des langages secrets. Et même à l'Académie française, il semble bien qu'il y ait une sorte de connivence, quand sont évoqués tous les bons mots ou les traits ridicules de collègues désormais presque oubliés. À tous les niveaux cela existe. Je parle de l'Académie française, mais je pourrais aussi bien citer les anecdotes locales du cher village du Tholonet, au pied de Sainte-Victoire. Je pourrais me remettre à penser à tout ce que l'on a raconté sur le satyre du Tholonet et ses habitudes bien régulières ou sur les bizarreries de l'un ou de l'autre dans un pays où l'on se livre très volontiers à la bizarrerie. Ces diverses histoires n'étaient pas toujours d'un comique éclatant, mais elles étaient comme un signe de reconnaissance.

Car c'est un fait : j'évoque ici des groupes plus ou moins étendus, marquant les solidarités qui se sont établies autour de moi au fil des années. Quand j'évoque des souvenirs d'histoires racontées par mon mari, j'ai conscience que je m'inscris dans une lignée et dans une famille. Ces histoires m'avaient été simplement racontées, mais elles constituaient comme un trésor commun par où nous pouvions vraiment être une seule et même famille. Même les histoires juives représentaient quelque chose du même genre : après tout, nous étions, mon mari et moi, un peu plus qu'à moitié juifs ; et comment nier que cela constitue une espèce de solidarité plus ou moins étroite, selon les cas ? Et il en est ainsi bien plus nettement pour tous les groupes professionnels auxquels j'ai fait rapidement allusion. Autour de la solidarité avec ma mère, qui a duré toute ma vie et rempli toutes mes journées, il y a donc bien des cercles différents et plus ou moins larges, mais où l'on puise, avec un amusement que suscitent les circonstances, le sentiment d'une solidarité qui vous lie de plus en plus, au nom du comique.

Et à cet égard je voudrais faire deux remarques. La première est que j'ai eu beaucoup de chance, car il se trouve que, dans les dernières années de ma vie, j'ai été en rapports très étroits avec une ancienne élève : elle avait suivi le même cursus que moi ; elle avait étudié les mêmes auteurs que moi, dans un esprit proche du mien ; elle aime, comme moi, enseigner ; et, en plus, elle aime rire. Le résultat est que le soir, quand nous nous parlons au téléphone, il suffit d'un mot, d'une allusion, de la mention d'une rencontre et aussitôt nous nous mettons à rire, à rire ensemble. Un simple adjectif à propos de la conférence d'un collègue, et cela suffit : une complicité moqueuse s'établit alors entre nous – une de plus !

Pourtant, je ne voudrais pas laisser croire que ces diverses ententes autour d'histoires drôles et d'expériences curieuses soient le fait de petits groupes plus ou moins étroitement refermés sur eux-mêmes et constituant, en effet, comme de nouveaux langages secrets propres à des initiés, et se détournant des autres. Cela suggérerait presque une sorte d'esprit de caste ou d'appartenance locale ou professionnelle, ce qu'on pourrait appeler un esprit de corps. Je ne saurais à aucun prix laisser se répandre une telle interprétation : rien, en fait, ne serait plus faux. Si les histoires drôles se répandent aisément à l'intérieur de tel ou tel groupe qui a connu des expériences similaires, ce qu'elles visent, en définitive, est bel et bien l'homme : l'homme dans ses diversités sans doute, dans ses bizarreries, dans ses faux pas, mais aussi dans ce qui trahit avec éclat des faiblesses éminemment humaines et souvent familières. D'autre part, l'espèce de solidarité ou de connivence qui s'établit ainsi entre deux personnes dans l'amusement commun, ne repose en aucune façon sur leur commune appartenance à tel ou tel petit groupe, mais suppose, et souvent suscite, des liens beaucoup plus larges et beaucoup plus simples.

Pour montrer l'extension que peuvent prendre de tels liens, j'aimerais raconter ici, pour finir, une simple histoire qui m'est arrivée à moi-même, et où – je dois l'avouer – aucun mot n'a été prononcé et aucun rire ne s'est fait entendre. C'est évidemment un cas limite ; mais il m'a charmée.

C'était dans un train, sur une ligne assez modeste, dans le sud de l'Italie. J'étais alors dans un compartiment où se trouvaient deux Italiens, des hommes au verbe haut, accompagnés d'une femme, également italienne, qui pouvait avoir dans les quarante ou quarante-cinq ans. J'étais en face d'elle, et les deux hommes, en pleine force, occupaient confortablement les deux places à côté de la fenêtre. Ils parlaient entre eux avec animation. Et ils discutaient de la meilleure façon d'assaisonner les spaghetti dans certaines recettes particulières. Ils n'étaient pas d'accord, mais ils étaient très convaincus, sûrs d'eux, profondément intéressés par le sujet qui les opposait. La femme, alors, me jeta un bref regard. Elle était en face de moi et nous avions naturellement écouté toutes les deux la conversation des deux hommes. Son regard avait eu une ironie si manifeste que nul n'aurait pu s'y tromper. C'était l'ironie de la femme qui a l'habitude, elle, d'assaisonner les spaghetti, et qui a aussi l'habitude de laisser parler les hommes, comme s'ils savaient tout, et, pourrait-on dire, comme de grands enfants. Ce fut bref, mais clair comme tout. Et je compris pleinement la saveur de cette ironie discrète et tranquille de celle qui laisse dire. Le regard qu'elle m'avait lancé fut reçu, retourné, partagé ; et il y eut un tel moment d'entente et d'amusement entre nous que, l'une et l'autre, nous avons détourné la tête, l'une à gauche et l'autre à droite, afin de ne pas laisser voir le sourire qui nous montait aux lèvres. Je le répète : il n'y eut pas une parole ; l'amusement scellait cette fois notre entente, qui était une entente entre femmes au sujet des hommes, et rien d'autre.

On est là à l'opposé, semble-t-il, de la rare connivence qui peut s'établir, à travers les années, entre une mère et sa fille. Mais, après tout, n'y a-t-il pas communication et passage de l'une à l'autre ? Quand ma mère m'apprenait à rire des travers des uns ou des autres, se moquant de ce que l'un avait fait de déplacé ou de peu gentil, elle m'apprenait aussi à reconnaître ce qui, normalement, eût été comme il faut, normal, amical. J'ai dit qu'elle m'apprenait à vivre. Cela ne veut pas dire qu'elle m'enseignait telle ou telle recette pratique, ou le goût de tel ou tel poète. Cela veut dire que, dans son jugement, j'apprenais à situer exactement, peu à peu, les bons usages dans la vie en général. Cela veut dire aussi que l'ironie elle-même la faisait passer du domaine de la petite expérience quotidienne à une référence plus large et plus humaine. Dans nos amusements partagés, dans nos rires secrets, chaque expérience évoquée impliquait une sorte de généralité latente, largement humaine. Et combien j'ai regretté de ne plus pouvoir lui raconter l'expérience de ce train en Italie du Sud : je sais comment elle en aurait souri, combien nous en aurions ri ensemble.

IV

RIRE QUAND MÊME

Après ces pages remplies de tant d'anecdotes légères et peut-être futiles, on ne peut éviter de se demander s'il n'est pas un peu vain d'en faire ainsi étalage et s'il n'y a pas quelque chose d'étroit à se montrer si prêt à relever les petites imperfections des autres. Je ne crois cependant pas qu'il faille s'arrêter à une telle inquiétude. Il est clair, en effet, que, si l'on regarde de plus près ces diverses anecdotes, elles ne consistent pas seulement à s'amuser des autres, loin de là ; elles constitueraient plutôt un recours contre l'adversité et une forme de sagesse. C'est ainsi que j'ai raconté, à propos de ma mère, la façon dont elle s'amusait elle-même de ses propres difficultés ou de ses propres infirmités. Elle plaisantait sur ses insuccès ; elle plaisantait sur les ennuis nés de sa surdité ; je dirais volontiers qu'elle montrait par là une sorte de courage. En tout cas, cette attitude excluait toute forme de supériorité et d'esprit critique à l'égard des autres.

Moi-même, je dois le dire, quand sont venues mes propres infirmités, plus lourdes encore que celles de ma mère, j'ai réagi de la même façon. Je n'y vois presque plus ; et, naturellement, cela me cause un vif agacement. Mais comme j'en ai souvent ri ! Je me rappelle ce jour sur la terrasse, à côté d'Aix-en-Provence. Je me revois bien installée sur la terrasse sous la tonnelle de roses fleuries ; et avec complaisance je me versais un bon verre de ce rouge de pays que j'apprécie beaucoup. Je versais allégrement et je fus bientôt surprise par une sensation d'étonnante fraîcheur qui me touchait les cuisses, puis les jambes, jusqu'aux pieds. Cela se comprend : je versais le vin avec confiance dans un verre, dont je n'avais pas vu qu'il était posé la tête en bas ; le vin coulait tout autour du verre, tout le long de la table couverte de toile cirée, sur mes jambes, sur la terrasse... J'en ai ri : comment réagir autrement ? C'était là presque un gag de film comique. Et, croyez-moi, depuis que je n'y vois plus, les gags de ce genre se multiplient. Encore, avant-hier, j'ai trouvé que mes endives avaient un drôle de goût et je n'avais pas vu, les couleurs se ressemblant, que je mangeais en place d'endives une compote bien sucrée de pommes et de poires. Je ris à me voir moi-même un peu dans un rôle de clown. D'ailleurs – mais je crois l'avoir déjà raconté au passage –, je me surprends parfois, chez moi, et surtout dans la rue, à forcer mon personnage, à le rendre plus ridicule, à marcher avec une peine affectée, non pas pour éveiller la pitié, mais pour jouer plus complètement mon personnage comique.

Qui plus est, dans ces deux cas, celui de ma mère et le mien, il ne s'agit pas uniquement des infirmités qui, sur le tard, nous ont frappées. Et, à la réflexion, je m'aperçois que bien souvent les mêmes histoires où l'on paraît se moquer des autres impliquent un certain retour sur soi-même, où l'on n'a pas toujours un rôle très reluisant. Quand ma mère me faisait rire avec ses histoires de dimanche après-midi où elle restait toute seule à lire dans la voiture, elle se moquait évidemment du peu d'empressement de son compagnon de promenade ; mais elle faisait comprendre aussi que cela n'avait pas été pour elle un très grand succès. Il y avait, certes, quelques critiques à l'égard de l'ami trop peu zélé, mais aussi un aveu discret de déception acceptée.

Et si je me tourne vers moi-même, je retrouve l'équivalent jusque dans les histoires drôles relatives à mon enseignement.

Un exemple ? Eh bien, je pourrais citer ce cours au Collège de France que j'avais préparé avec tant de zèle et de fierté. Je discutais l'opinion d'un savant étranger sur les rapports pouvant exister entre certaines tragédies d'Euripide et certaines idées philosophiques de Socrate. Je m'étais donné beaucoup de mal ; j'avais rapproché bien des textes et, pensais-je, serré la question de très près. Le cours se passa bien et, à la fin, une jeune fille particulièrement admirative vint me dire qu'elle avait trouvé le cours superbe, qu'elle me demandait juste un petit renseignement : est-ce que les tragédies que j'avais citées étaient bien écrites par Socrate ? Cela renversait tout l'intérêt du cours, mais montrait que j'avais visé trop haut et que mon auditoire ne pouvait rien en tirer ! Et, si elle révélait une ignorance qui me laissait un peu ahurie, elle me faisait aussi sentir que mon superbe cours n'était pas une parfaite réussite...

Si, de là, je passe aux aspects plus modestes de cet enseignement auquel je m'adonnais de façon passionnée, je trouve pire encore. Je puis le montrer par l'anecdote du libraire. Un libraire vit un jour arriver une dame qui lui demanda un livre intitulé « Lily va au lycée » ! Ce libraire, perplexe, ne voyait pas du tout de quoi il pouvait s'agir. Mais la femme insista, disant que ce livre était important et que Mme de Romilly avait dit dans une conférence qu'il fallait absolument l'avoir lu. Le libraire fut de plus en plus troublé ; et ma réputation était directement engagée ! Je ne sais combien de temps il fallut pour que l'affaire fût tirée au clair ; mais enfin on comprit que le livre ne s'intitulait pas « Lily va au lycée », mais tout simplement *L'Iliade et l'Odyssée* ! Apparemment, je n'avais pas très bien, cette fois non plus, mesuré le niveau de connaissances de mon public ; et, si la dame n'avait pas lieu d'être trop fière de sa culture, il est clair que je n'avais pas très bien, moi non plus, rempli mon rôle.

Ces deux exemples montrent bien que le comique, lorsque l'on est soi-même engagé, est presque toujours à double face : on raconte une histoire pour se moquer de l'auditrice, et voici qu'elle tourne aussi à la confusion de celui ou de celle qui parlait !

Et il y a pire, bien entendu. Il y a les cas où, malencontreusement, on se ridiculise. Et je pourrais aisément faire entrer dans cette catégorie les diverses histoires racontées ici pour lesquelles on me proposait ce titre révélateur : « Comment j'ai perdu mon honneur » !

Le goût des histoires drôles n'implique donc nullement un sentiment de supériorité trop développé : il s'allie bien souvent à une conscience très claire du ridicule auquel on s'est soi-même exposé.

C'est déjà un avantage appréciable que de rire soi-même de ses propres difficultés au lieu de se laisser abattre par elles. C'en est un aussi de savoir s'amuser des sottises des autres, en mesurant parfaitement qu'on n'est pas soi-même sans défaut et que toute arrogance serait par conséquent déplacée !

Mais ce sont là, dira-t-on, de menues occasions et de simples vétilles. Faut-il donc penser que le comique ne s'étend pas plus loin et s'efface dès l'instant où les circonstances deviennent graves ? J'estime, au contraire, qu'il a sa place même lorsque l'on vit dans des circonstances graves et périlleuses. Je le déclare hautement : nous avons ri, même pendant la guerre.

Pendant toutes ces années de difficultés et de menaces, de danger national et de danger personnel, accru pour nous par le statut des juifs et le sort réservé à tous ceux qui en étaient frappés, même dans ces années où nous vivions avec le danger constant d'être arrêtés et déportés et où nous apprenions presque chaque jour que des amis ou des parents à nous avaient été effectivement arrêtés et déportés, oui, même au cours de ces années-là, nous avons ri. Nous n'avons pas ri de cela, bien entendu. Et pourtant, que d'histoires facétieuses ou burlesques me reviennent à l'esprit, quand je pense à ces années-là !

Il y avait, naturellement, toutes les ridicules déclarations politiques et les histoires multiples, qui couraient comme on dit sous le manteau, racontant les tours brillants joués aux occupants. Ce ne sont pas là nos histoires à nous ; mais on vivait cependant de l'écho encourageant que ces bruits, sans cesse répétés, entretenaient parmi nous. En fait, le comique était bien là, autour de nous, nous touchant de près ; et il tenait souvent, de façon indirecte, aux difficultés mêmes qui pesaient sur tous.

Il faut dire, en effet, que les circonstances nous obligeaient à des expériences tout à fait étranges dans la vie pratique. Toutes nos habitudes étaient bouleversées, toutes les commodités avaient disparu. Alors on jouait, comme on pouvait, à s'en tirer.

Pensez seulement au problème de la nourriture ! Ce problème pesait, et lourdement ; mais comme il nous a aussi fait rire ! Et il y eut, bien entendu, des désastres, comme les jours où ma belle-mère nous fit manger un excellent plat de luzerne, savamment préparé et d'un goût excellent. Il nous rendit tellement malades ensuite, qu'il fallut y renoncer ; mais c'était une aventure, dont les victimes elles-mêmes appréciaient le caractère original et saugrenu.

Il y eut aussi les surprises, bonnes ou mauvaises, liées aux héroïques tentatives de plantation auxquelles se livra dans le jardin mon mari, qui était ingénieur agronome. Son grand succès fut les lentilles. Il en récolta, dans le jardin, un plein sac. De façon très naturelle, il les offrit à sa mère, qui régnait sur la maison. J'avoue pourtant que je ne regardais pas sans un peu d'envie cette superbe récolte. Aussi fus-je tout à fait charmée lorsque, un ou deux mois plus tard, ma belle-mère me déclara que, pour finir, elle allait me passer la récolte de lentilles : nous étions jeunes, nous avions besoin de nous nourrir, elle serait contente de nous aider ainsi à subsister. Je lui fus fort reconnaissante. J'ignorais alors que des lentilles récoltées de cette façon-là ont besoin d'être épluchées, écossées, une à une, lentille par lentille ! Je ne sais pas comme on s'y prend de façon industrielle, mais, pour notre production d'amateurs, il n'y avait pas d'autre solution, et je compris assez vite la soudaine générosité de ma belle-mère. J'ai préparé une fois un plat de ces lentilles, puis j'ai dit à ma femme de ménage qui vraiment, elle, manquait de tout, que j'allais lui donner les lentilles, et voilà. Et je suppose que maintenant, tant d'années après, ces lentilles circulent encore en ville, de main en main !

De tous ces agacements et de ces privations, naissaient des plaisanteries à n'en plus finir, qui me sont encore toutes présentes à l'esprit. Ce pouvait être des situations plaisantes, ou plutôt déplaisantes, comme les jours où nous étions occupés avec une poignée d'épis de blé, à les écosser, si j'ose dire, à la fourchette ! Les battre, pour dégager les grains de blé, était impossible : cela sautait partout ! Or, à la fourchette, épi par épi, nous détachions les grains ; mais là aussi ils sautaient, nous n'arrivions pas à les faire tomber juste dans le bol, il fallait aller chercher ces grains qui s'échappaient. Nous savions que le résultat serait une merveilleuse soupe au blé, au bon goût et bien nourrissante ; mais que d'éclats de rire et que de moments de fureur, quand notre petite chambre était envahie de grains de blé sautant de toutes parts, si précieux qu'il fallait les chercher sous les meubles.

Je pourrais évoquer aussi la valeur suggestive que prenaient certaines évocations dans cette atmosphère. Un de nos amis fut longtemps en prison à Marseille et, à la suite de je ne sais quelle démarche, il fut enfin libéré. Mais il me racontait comment un de ses compagnons de cellule ne cessait de lui répéter : « Un croque-monsieur, mon vieux Paul ! Pensez-y : un croque-monsieur !... » Cette extase était contagieuse ; et plus tard, quand nous voulions évoquer une merveille impossible, nous disions : « Pensez donc, un croque-monsieur ! » Le souvenir m'en reste des années après : cet impossible croque-monsieur était comme le rêve d'un Eldorado qui nous amusait d'autant plus que ce rêve, dans une vie normale, eût été aisément réalisable.

Et puis, avec la nourriture, il y avait les vêtements et les problèmes qu'ils posaient. Là aussi, on riait souvent de l'ingéniosité avec laquelle on transformait, on inventait, on trichait, pour présenter un aspect à peu près décent. Et puis, les histoires allaient bon train. Je me rappelle, tout à la fin de la guerre, qu'un homme réussit à passer la journée à Genève, heureux de remplacer ses vieilles loques. Il acheta tout ce qu'il lui fallait et le fit bien emballer. Puis, prenant le train pour rentrer chez lui en France, il alla dans les toilettes du train pour se dévêtir et se débarrasser au plus tôt de son vêtement rapiécé. Il jeta celui-ci par la fenêtre du train et ouvrit avec délices son paquet, quand il lut, avec moins de délices, l'étiquette portée sur tous ses achats : « taille garçonnet » ! À dire la vérité, je n'oserais pas jurer, car je n'étais pas présente, qu'il ait vraiment eu l'imprudence de se débarrasser de tout avant d'ouvrir son paquet ; et je ne suis même pas certaine qu'il était si facile d'ouvrir les fenêtres des trains à cette époque pour se débarrasser d'un paquet. Je me demande donc si, lui aussi, avec un sens du comique un peu aiguisé par les circonstances, n'avait pas enjolivé le récit de sa déception : il inventait un malheur de plus qui rendait celle-ci définitivement irréparable. Il est amusant d'arranger un tout petit peu les histoires pour qu'elles fassent davantage rire. Toutefois, il faut m'en croire : c'est une tentation à laquelle moi-même je résiste résolument.

Parfois aussi, les éléments comiques ne se

limitaient pas aux à-côtés concernant la nourriture ou le vêtement, mais se rapprochaient un peu davantage de la crise même que nous traversions. Certains se rattachaient même aux très réels dangers que l'on courait alors, et en particulier, dans notre cas, à ce fameux statut des juifs.

La première histoire ne nous concerne que très indirectement. Elle se situe tout au début de la guerre ; et elle est relative à une avocate belge, qui, en effet, était juive. Heureusement, celle-ci était très liée avec un confrère belge, avocat comme elle, mais, par chance, parfaitement aryen. Si on arrivait à temps à la rendre catholique et à lui faire épouser son collègue en bonne et due forme, le tour était joué et, pour elle, le danger était écarté. Et le complot s'organisa. Nous avons assisté à son baptême qui eut lieu chez une commerçante pleine de sympathie. Le seul épisode comique fut que, quand le prêtre lui demanda, selon le rite, si elle renonçait à Satan, à ses pompes et à ses œuvres, elle répondit avec une véhémence compréhensible et un accent belge à couper au couteau : « J'y renonce ! J'y renonce ! » À vrai dire, il s'agissait bien peu, pour la pauvre femme, de Satan et de ses œuvres : il s'agissait seulement de survivre. Aussi le zèle qu'elle y mettait était-il plutôt comique et sa formule, avec cette étrange prononciation, est restée pour nous, pendant des années, le symbole des moments saugrenus de cette époque. Puis il nous a fallu aller vers la mairie en montant la garde, placés à tous les angles de la rue, pour voir si la police n'intervenait pas avant le fameux mariage. Elle était encore en danger ; et nous qui guettions et qui avions été mêlés à toute l'affaire, et qui d'ailleurs étions, en réalité, juifs nous-mêmes, nous étions bien un peu en danger nous aussi. Mais l'amusement de duper les règlements, d'être mêlés à ce petit coup de main de bonne volonté l'emportait de beaucoup sur le reste. Bientôt le couple est redescendu triomphant, souriant, inattaquable. S'ils avaient été arrêtés, et déportés, je ne crois pas que nous aurions de l'histoire le moindre souvenir comique. Mais c'était comme une parenthèse, un timide succès remporté sur l'occupant ; et le comique rayonnait délicieusement sur ce petit coup de main réussi. En marge de la guerre et de ses dangers, il y avait place pour des tours de ce genre ; et l'on se hâtait de s'en réjouir.

Ces tours innocents, et juste un peu dangereux, se multipliaient au cours de ces années. Je garde le souvenir de l'un d'entre eux, concernant aussi la question juive, évidemment essentielle pour nous, et qui posa alors, à nos yeux, un curieux problème. Nous étions dans un train, allant d'Aix vers la Côte, avec de chers amis très gais et chaleureux. Nous avions acheté un journal qui avait, je crois, pour titre *Le Petit Var* quand, tout à coup, nous avons vu notre ami sursauter et nous passer le journal avec un air interrogatif et ravi. Nous avons été surpris à notre tour quand nous avons lu, tout simplement, le communiqué allemand. Le communiqué allemand énumérait toute une série de victoires, de succès remportés par les forces allemandes sur terre, sur mer et dans les airs. Mais, au beau milieu de ce communiqué allemand se lisait cette phrase : « Émile est un juif. » Le reste du trajet fut employé à épiloguer, à nous poser des questions sur le sens de cette bizarre remarque. Et notre ami, qui était de nature et curieuse et active, finit par avoir la réponse, grâce à des enquêtes multiples, le lendemain matin : la réponse était qu'Émile était un des protes du *Petit Var*, nettement antisémite, et ses collègues, agacés, avaient voulu lui faire cette blague et n'avaient pas trouvé d'autre endroit pour échapper à la censure que le communiqué allemand lui-même ! Là, évidemment, la censure n'irait pas regarder ! Et c'était là une de ces petites farces courageuses, inutiles, mais peut-être les collègues d'Émile couraient-ils un danger si par hasard leur farce avait été découverte. Mais il n'y avait pas alors de plaisir sans un petit risque, qui, pourrait-on dire, venait corser la plaisanterie. Sans doute était-ce un risque assez inutile. Mais la remarque nous faisait signe ; elle constituait comme un lien malicieux avec les protes du *Petit*

Var : elle nous a réjouis, comme s'il se fût agi d'un complot entre eux et nous. Après tout, en se moquant du fameux Émile, ces protes-là défiaient également les règles de la censure et les droits de l'occupant.

Et le fait n'est pas, je crois, à négliger. Peut-être, en effet, lorsque l'on discute de l'opinion publique française en ces temps d'occupation, on ne tient pas assez compte de constants échanges, d'audaces timides et de plaisanteries courant sous le manteau, de phrases légèrement à double sens, d'allusions, d'un signe visible, mais pas trop visible : beaucoup n'étaient pas des résistants, mais il existait un courant de fronde, de critique, d'amusement même, dans la protestation qui liait entre eux de façon très précieuse tous ceux qui partageaient les mêmes sentiments. Certes, les gens de cette sorte n'étaient pas des résistants et il n'y avait aucun courage héroïque à glisser cette phrase dans le communiqué allemand. Mais toutes les phrases de ce genre, toutes ces audaces discrètes nous unissaient, nous rapprochaient, et nous donnaient le sentiment de marquer quand même un point sur ces hommes et ce destin qui nous opprimaient si lourdement. Ces timides incartades peuvent en effet constituer un ciment très fort entre des gens qu'unit une même espérance.

Je sais fort bien qu'il eût mieux valu quelque action courageuse et efficace au service de la France. J'en ai parfaitement conscience, mais peut-être ces mêmes protes du *Petit Var* agissaient-ils aussi d'une autre manière ! Qu'en savons-nous ! Et d'ailleurs, dans l'atmosphère d'alors, que savions-nous des uns et des autres ? Ce n'est pas parce que l'on plaisante que l'on n'agit pas en secret ! En tout cas, c'est en plaisantant ainsi que l'on encourage l'action des autres.

Le fait est que j'ai parlé de langage secret à propos du lien tout intime qui nous unissait, ma mère et moi. Mais dans des circonstances comme celles que j'évoque, tout devient langage secret, tout devient allusion. Même le langage officiel de la radio était alors rempli de formules secrètes. Qui donc, aujourd'hui, comprendrait comment mon mari, des années plus tard, entrant dans la cuisine, disait en souriant : « La cuisine n'est pas très propre » et éveillait ainsi un sourire heureux entre nous deux ? C'est que la formule était une de ces formules secrètes des émissions « Les Français parlent aux Français », émissions venues de Londres, et qui avaient un sens pour ceux qui, précisément, étaient dans le secret. Nous vivions de ces annonces mystérieuses, et tous nos amis, autour de nous, en vivaient aussi ; elles sont restées dans nos cœurs comme des messages annonçant, de façon complice, la venue de temps meilleurs.

Mais il y avait aussi l'inverse. Il y avait le côté caricatural de ceux qui étaient contre nous, et qui souvent ne se rendaient même pas compte du mal qu'ils faisaient. Certes, on avait plus à en souffrir qu'à en rire ; mais lorsque ceux dont on avait à se plaindre poussaient à la limite l'aveuglement bureaucratique doublé d'une cruauté dont ils n'avaient pas conscience, une sorte de vision monstrueusement burlesque s'ajoutait au scandale. Je n'en citerai que deux exemples, relatifs, eux aussi, au statut des juifs, et qui ne concernent même pas la période proprement dite de la guerre, mais l'encadrent de façon symétrique, cette symétrie même contribuant à en rehausser la coupable absurdité. Sans aucune sympathie, sans aucun langage secret, ces épisodes et tous ceux qui leur ressemblent s'inscrivaient pour nous, de façon claire, comme les marques d'un comique assurément involontaire. Il s'agit là d'un tout autre comique que celui dont je viens de parler : le ridicule, cette fois, accompagne une condamnation sans appel.

Je puis en donner une preuve relative à la bureaucratie de Vichy, et se plaçant tout au début du statut des juifs. Je découvrais alors que j'étais frappée par ce statut ; mais, étant pupille de la nation, et par suite adoptée par la France depuis la mort de mon père en 1914, je me demandais s'il n'y avait pas de possibilité d'y échapper. Je me rendis donc à Vichy et fus reçue par un membre quelconque du ministère, dans une chambre d'hôtel transformée en bureau et où des piles de dossiers s'entassaient dans le bidet. J'ai expliqué la situation à ce fonctionnaire et il m'a répondu : « Ah ! Votre père a été tué en 14 ; mais avec citation ou sans citation ? » J'ai dû avouer que c'était sans citation et alors il répondit : « Ah ! Dans ce cas, il n'y a rien à faire : s'il a été tué sans citation, c'est très bien, mais cela ne sert à rien. » J'acceptai ce verdict sans la moindre protestation : la formule même de l'homme me laissait abasourdie et scandalisée. Et, en même temps, c'était comme si s'inscrivait en moi, éclatante et indestructible, l'image de ce cruel aveuglement qui me semblait comme le symbole du gouvernement d'alors. Je ne peux pas dire que j'étais déçue, car je n'attendais pas grand-chose de cette démarche ; mais, j'éprouvais une sorte de contentement et d'amusement à voir ce gouvernement se condamner si clairement par de pareilles formules. J'ai cité cette réponse à bien des amis, au cours des années qui suivirent ; et nous avons ri de cette formule : le théâtre tragique débouchait sur le théâtre de l'absurde.

Si je passe maintenant à l'autre bout de cette longue période, au moment où la victoire fut là, les misères terminées et le statut des juifs aboli, je me trouve en face d'une histoire, comme je l'ai dit, exactement symétrique. Dans des circonstances exactement opposées, elle affiche la même étroitesse bureaucratique que l'autre. En effet, lorsque, après la guerre, nous retrouvâmes tous nos droits, il fut même dit que ceux qui avaient eu leurs lignes téléphoniques coupées pour des raisons raciales verraient leur téléphone rétabli de façon prioritaire. À tout hasard, nous allâmes à la poste nous renseigner et expliquer que tel était bien notre cas. La postière fronça les sourcils et levant des yeux inquisiteurs elle nous posa cette question inoubliable : « Juifs… juifs… ? Vous pouvez le prouver ? » Nous ne pouvions pas plus le prouver que nous n'avions, pendant toutes les années précédentes, pu prouver le contraire. Mais le contraste même nous fit rire et nous réjouit, je crois, beaucoup plus que si nous avions simplement récupéré l'usage du téléphone. La bureaucratie, en effet, reprenait ses droits !

J'ai eu plaisir à raconter ce genre d'histoires sur le moment et après coup. Et je crois qu'il n'est jamais inutile d'attirer l'attention des gens sur les absurdités que commettent vos adversaires. Rire de l'absurde est un plaisir ; mais c'est en même temps une invitation à le percevoir, à le critiquer, à s'en indigner. C'est jouer le même rôle que l'auteur des dessins comiques où est fustigé tel ou tel aspect de la politique. C'est, d'une certaine façon, réveiller l'attention des autres, et les stimuler. Le courage peut commencer avec la lucidité, qui elle-même peut commencer avec le rire.

De fait, cette possibilité de rire même au milieu des difficultés et des risques les plus grands n'est pas réservée aux seuls dangers de la guerre et de ses conséquences. On peut la rencontrer toute proche même du tragique, même de la mort.

C'est d'ailleurs un thème assez répandu, et sans doute une défense assez naturelle contre l'idée de la destruction à venir. Je me rappelle un film déjà ancien, dans lequel on se moquait des services funèbres : les couronnes de fleurs étaient remplacées par des couronnes de brioches, et ceux qui suivaient le convoi prenaient délicatement entre deux doigts une bouchée de brioche qu'ils avalaient avec un air de circonstance.

Je pense aussi au nombre d'histoires drôles qui se colportent sur ce thème, et en particulier à l'histoire de la petite fille à qui l'on explique avec mille précautions et ménagements que, sa grand-mère étant morte, on va maintenant la mettre en terre. L'enfant alors ne semble pas du tout frappée et observe d'un ton très naturel : « Ah oui ? Pour qu'elle repousse ? »

Je ne sais pas, en fait, de qui me vient cette histoire, d'un optimisme si botanique ; mais je sais bien que ma mère elle-même était fort capable, à l'occasion, de plaisanter sur ce genre de sujet. J'en ai eu la preuve tout récemment, en recevant une lettre, le mois dernier, d'un des directeurs de l'hôtel où elle séjournait régulièrement ; et j'ai déjà raconté combien elle s'intéressait aux clients de passage, par pure curiosité psychologique. Cet homme, ayant fait le rapprochement avec une phrase de l'un de mes livres, avait tout à coup reconnu ma mère et m'écrivait pour me dire quel souvenir précieux il gardait de sa drôlerie. Il se souvenait de ses mots d'esprit et tenait à m'écrire, plus de trente ans après : c'est peu de dire que j'en fus touchée, et émue. Il me racontait, du coup, une anecdote que moi-même je n'avais jamais connue. Il s'agissait d'un homme qui s'était suicidé à l'hôtel et dont la direction accompagnait le corps, discrètement, craignant de rencontrer quelques clients qui seraient bouleversés par ce convoi si peu à sa place. Une porte, en effet, s'ouvrit ; mais ma mère ne fut nullement bouleversée : elle sourit au directeur et lui dit, gentiment : « Encore un qui s'en va sans payer ! » Cet homme se souvenait encore de leur soulagement, et du sourire amical qu'ils échangèrent. Et voilà qu'il me l'apportait, tant d'années après, enrichissant ainsi mon trésor de souvenirs.

J'imagine que certains pourront trouver une telle boutade déplacée ; je sais bien, cependant, que nul n'aurait eu plus qu'elle de pitié et de sympathie pour cet homme qu'elle n'avait pas connu ; il y avait là, seulement, son habitude brave et joyeuse de plaisanter contre toute adversité, résolument. Certes, on ne songe pas à plaisanter lorsqu'on se trouve en face du deuil, de la douleur, de la souffrance. Mais, dans les manifestations extérieures qui l'évoquent et qui l'entourent, il est assez naturel de vouloir se défendre contre le tragique, que l'on connaît trop bien et auquel on refuse de se laisser aller. Si ce n'était pas là une des formes de la sagesse, je me demande bien ce qui le serait.

D'ailleurs, peut-être le tragique a-t-il besoin de ce complément discret. C'est un fait que les auteurs de tragédies, dans la Grèce ancienne, faisaient régulièrement suivre le groupe de trois tragédies par un drame satyrique, dans lequel héros ou divinités étaient traités avec une familiarité destinée à faire rire. J'ajoute que ce complément comique qui vient corriger le tragique paraît d'autant plus précieux à ceux que l'âge atteint. Quand on a vu s'accumuler des séries d'épreuves, de deuils et de difficultés de toute sorte, on a vraiment besoin, me semble-t-il, de se réfugier dans le souvenir des moments de comique et d'amusement partagés : en tout cas cela a été mon cas.

Non seulement on ressent de plus en plus, au cours de la vie, ce besoin de réagir par le rire ou le sourire aux épreuves que l'on a traversées : il est de fait, aussi, que les petits événements comiques qui se sont succédé dans l'existence, deviennent de plus en plus précieux lorsqu'ils reviennent, plus tard, sous la forme de souvenirs. Les histoires que j'ai rapportées ici m'avaient sans doute fait sourire ; elles peuvent ne pas paraître à d'autres d'un comique très marqué ; mais on constatera que, presque chaque fois, j'ai été amenée à ajouter « et nous en avons ri longtemps », ou bien « et ce souvenir est resté amusant pour nous », ou bien « je ne l'ai jamais oublié ». Peut-être les histoires comiques sont-elles comme le bon vin, qui s'améliore en vieillissant, ou, peut-être, représentent-elles des impressions de bonheur, de lumière et de rire, qui continuent à jeter leur éclat dans des moments où on pourrait en ressentir le besoin.

J'ai éprouvé du bonheur à revivre ces moments, dans le temps où je les racontais. Et à présent je vous les ai donnés : ne soyez pas sévères pour eux ; car, à mes yeux, c'est un assez joli cadeau.

CONCLUSION

AVEC VUE SUR LA MER

Arrivé à la fin de ce petit livre, le lecteur pensera sans doute que ce cadeau dont je me vante est une bien mince offrande au regard de tout ce que la vie contient de sérieux et de douloureux. Je ne prétends pas le contraire. Mais je voudrais me réfugier derrière une image ; et nul ne s'étonnera que je l'emprunte, une fois de plus, à un texte de la Grèce ancienne. Je lui dois le titre de ce livre. C'est, en fait, un vers emprunté au *Prométhée enchaîné* que l'on trouve dans l'œuvre d'Eschyle, où le poète évoque « le sourire innombrable de la vague marine ». L'image est restée en moi, comme beaucoup d'autres images des grands poètes. Et il m'a semblé que je me retrouvais tout à coup au bord de cette mer Méditerranée qui m'est si familière. Je ressentais, grâce au poète, l'impression que l'on éprouve en contemplant, intensément et sans vraiment penser à quoi que ce soit, les reflets multiples de la lumière sur cette eau sans cesse en mouvement. Ce sont des éclats vifs ici ou là qui passent, qui bougent, qui brillent et sont immédiatement dépassés par d'autres et encore d'autres, glissant sur une surface immense où se reflète le ciel et où tout semble être l'objet d'une contemplation infiniment douce.

Est-ce l'emploi par Eschyle du mot signifiant « sourire » ? Ou est-ce vraiment l'impression de ces moments de rire et de connivence, de burlesque ou de tendresse, qui ont été des moments de joie et reviennent ainsi scintiller à la surface de toute la vie, pour notre plaisir ? Toujours est-il que, s'il m'arrive de revoir ces divers moments joyeux et risibles qui ont marqué ma vie, et de les revoir dans leur ensemble, à la suite, paraissant couvrir toute la série des années écoulées, ils me semblent aussi doux et précieux que le mouvement de la lumière sur la mer. Il s'y ajoute même une sorte de reconnaissance pour la lucidité qui m'a permis de les percevoir au passage, de les remarquer, de les partager et d'affirmer ainsi une sorte d'indépendance et de résistance à tout le reste. Il y en a eu tant, de ces histoires drôles : je n'en ai raconté ici ni le quart, ni peut-être le centième. Et quand je pense à cette riche suite de petits trésors, lumineux comme les jeux de reflets sur la mer, mon impression de douceur est semblable. Elle est même doublée d'étonnement et, j'oserai le dire, m'offre, par moments, un véritable émerveillement.

TABLE

Du même auteur :

Aux éditions Les Belles Lettres

THUCYDIDE, édition et traduction, en collaboration avec L. Bodin et R. Weil, 5 vol., coll. des Universités de France, 1953-1972.

THUCYDIDE ET L'IMPÉRIALISME ATHÉNIEN - La pensée de l'historien et la genèse de l'œuvre (1947 ; 1961 ; épuisé en français).

HISTOIRE ET RAISON CHEZ THUCYDIDE, 1956, 3e éd. 2005.

LA CRAINTE ET L'ANGOISSE DANS LE THÉÂTRE D'ESCHYLE, 1958, 2e éd. 1971.

L'ÉVOLUTION DU PATHÉTIQUE, D'ESCHYLE À EURIPIDE (PUF, 1961), 2e éd. 1980.

LA LOI DANS LA PENSÉE GRECQUE, DES ORIGINES À ARISTOTE, 1971, 2e éd. 2001.

LA DOUCEUR DANS LA PENSÉE GRECQUE, 1979, coll. « Pluriel », 1995.

« PATIENCE, MON CŒUR ! » - L'essor de la psychologie dans la littérature grecque classique, 1984 (2e éd. 1991), coll. « Agora », 1994.

TRAGÉDIES GRECQUES AU FIL DES ANS, 1995.

SUR LA TRAGÉDIE GRECQUE, 1995.

Aux éditions Hermann

PROBLÈMES DE LA DÉMOCRATIE GRECQUE, 1975, coll. « Agora », 1986 ; rééd. 2006.

Aux Presses universitaires de France

LA TRAGÉDIE GRECQUE, 1970, coll. « Quadrige », 5e éd. 1994.

PRÉCIS DE LITTÉRATURE GRECQUE, 1980, coll. « Quadrige », 2002.

HOMÈRE (coll. « Que sais-je ? »), 1985, 2e éd. 1992.

LA MODERNITÉ D'EURIPIDE (coll. « Écrivains »), 1986.

Aux éditions Vrin

LE TEMPS DANS LA TRAGÉDIE GRECQUE, 1971 (traduction du texte paru en 1968 à Cornell University Press).

Aux éditions Fata Morgana

JEUX DE LUMIÈRE SUR L'HELLADE, 1996.

HÉROS TRAGIQUES, HÉROS LYRIQUES, 2000.

ROGER CAILLOIS HIER ENCORE, 2001.

DE LA FLÛTE À LA LYRE, 2004.

Aux éditions Julliard

LA CONSTRUCTION DE LA VÉRITÉ CHEZ THUCYDIDE (coll. « Conférences, essais et leçons du Collège de France »), 1990.

Aux éditions ENS, rue d'Ulm

L'INVENTION DE L'HISTOIRE POLITIQUE CHEZ THUCYDIDE. Études et conférences. Avec préface de Monique Trédé, 2005.

Aux éditions de Fallois

LES GRANDS SOPHISTES DANS L'ATHÈNES DE PÉRICLÈS, 1988.

LA GRÈCE À LA DÉCOUVERTE DE LA LIBERTÉ, 1989.

DISCOURS DE RÉCEPTION À L'ACADÉMIE FRANÇAISE ET RÉPONSE DE M. ALAIN PEYREFITTE, 1989.

OUVERTURE À CŒUR, roman, 1990.

ÉCRITS SUR L'ENSEIGNEMENT. *Nous autres professeurs* (1969), *L'Enseignement en détresse* (1984), 1991.

POURQUOI LA GRÈCE ?, 1992.

LES ŒUFS DE PÂQUES, nouvelles, 1993.

LETTRE AUX PARENTS SUR LES CHOIX SCOLAIRES, 1994.

RENCONTRES AVEC LA GRÈCE ANTIQUE, 1995.

ALCIBIADE, 1995.

HECTOR, 1997.

LE TRÉSOR DES SAVOIRS OUBLIÉS, 1998.

LAISSE FLOTTER LES RUBANS, nouvelles, 1999.

LA GRÈCE ANTIQUE CONTRE LA VIOLENCE, 2000.

SUR LES CHEMINS DE SAINTE-VICTOIRE (Julliard, 1987), 2002.

SOUS DES DEHORS SI CALMES, nouvelles, 2002.

UNE CERTAINE IDÉE DE LA GRÈCE, entretiens avec Alexandre Grandazzi, 2003.

L'ÉLAN DÉMOCRATIQUE DANS L'ATHÈNES ANCIENNE, 2005.

LES ROSES DE LA SOLITUDE, 2006.

DANS LE JARDIN DES MOTS, 2007.

LE SOURIRE INNOMBRABLE, 2008.

LES RÉVÉLATIONS DE LA MÉMOIRE, 2009.

LA GRANDEUR DE L'HOMME AU SIÈCLE DE PÉRICLÈS, 2010.

Aux éditions Tallandier

ALCIBIADE OU LES DANGERS DE L'AMBITION, 2008.

Aux éditions Stock

PETITES LEÇONS SUR LE GREC ANCIEN (avec Monique Trédé), 2008.

Composition réalisée par Chesteroc Ltd.

Achevé d'imprimer en août 2011 en Espagne sur Presse Offset par
BLACK PRINT CPI IBERICA, S.L.
Sant Andreu de la Barca (08740)
Dépôt légal 1re publication : novembre 2009
Édition 03 – août 2011
LIBRAIRIE GÉNÉRALE FRANÇAISE – 31, rue de Fleurus – 75278 Paris Cedex 06

31/2655/4